午夜，为草原点一盏灯

阿·赛

著

天津出版传媒集团

百花文艺出版社

图书在版编目（ＣＩＰ）数据

午夜，为草原点一盏灯 / 阿·赛著. -- 天津 : 百花文艺出版社，2024. 12. -- （中国好诗歌）. -- ISBN 978-7-5306-8965-3

Ⅰ. I227

中国国家版本馆 CIP 数据核字第 2024UK0343 号

午夜，为草原点一盏灯
WUYE, WEI CAOYUAN DIAN YIZHAN DENG

阿·赛 著

出 版 人 : 薛印胜
责任编辑 : 李 爽
封面设计 : 鸿儒文轩
出版发行 : 百花文艺出版社
地址 : 天津市和平区西康路 35 号 邮编 : 300051
电话传真 : +86-22-23332651（发行部）
　　　　　+86-22-23332656（总编室）
　　　　　+86-22-23332478（邮购部）
网址 : http://www.baihuawenyi.com
印刷 : 三河市华东印刷有限公司
开本 : 880 毫米×1230 毫米　1/32
字数 : 172 千字
印张 : 8.75
版次 : 2024 年 12 月第 1 版
印次 : 2024 年 12 月第 1 次印刷
定价 : 68.00 元

诗是对万物的命名，也是生命和语言的相遇

邱华栋

　　二十世纪六十年代末阿·赛出生在鄂尔多斯西部的一个穷苦的牧民家中，在牧区草原上度过了他的童年。他在农村牧区封闭而落后的环境中长大，他帮大人放羊、打草、驯马、砍柴、干家务，在艰苦朴素的生活中汲取到丰富的文化营养和人生智慧。他从小喜欢听蒙古族民间故事、英雄史诗，学唱鄂尔多斯民歌，从中获得了终身受益的艺术灵感，幼小的心灵也得到了净化和提升。小时候，因家里弟兄姊妹多，生活非常艰难。十岁时他的父亲突然离世。小时候的困苦生活经历给他的人生刻下了一道深深的伤疤，随着年龄的增长这道伤疤越来越大，他肩上的责任也越来越重。因为在极其困苦的环境中长大，经历过的挫折太多，又受母亲的影响，他的性格十分低调、谦卑，凡事小心翼翼。在他的眼里，这个世界既熟悉又陌生。他的诗里笼罩着浓浓的孤独的云雾和悲伤的情结。在尘世间无法掩盖的困惑悲哀面前，他学会了向梦幻逃逸，他创造了只属于自己的童话和梦幻的世界，他的世界算不

上精彩绝伦，但足以令人心驰神往。打开他的诗集，扑面而来的是一股古朴神秘的童话和梦幻之风，令人紧张又兴奋，当然也感到欣然。

上帝赐予他写诗的天赋，草原赋予他感悟的灵感。阿·赛的诗写的都是些极普通的东西，比如沙漠、荒野、毡包、麻雀、屎壳郎、小草、小溪、野鹤、鼹鼠……他在这些小的物象的描写中注入诗的灵感和魂魄，以小题材放大人生的大观察、大智慧、大哲理，把人间无所不在的美丽刻画和展现出来，几乎做到了完美无瑕的境地。

阿·赛在鄂尔多斯西部一个叫玛拉迪的偏僻苏木（乡）里工作了十六年。他的诗歌里经常出现玛拉迪这个词语，玛拉迪是扶他上马的故乡，是他的诗歌里闪闪发光的一座美丽神秘的城堡，也是一辆带着他周游世界的老马车。

> 一个地图上找不到的地方
> 一个诗人诞生的地方
> 长满艾草的梁四面包围着
> 花白色的蠹矛在南边护佑着
> 石头堆积的敖包在北边陪伴着
>
> 掌心般圆圆的凹地里
> 长满了老榆树

树荫中延伸着一道

被人遗忘的红尘小道

几匹走失的

瘦骨嶙峋的老马

穿行在林间小道上

偶尔一辆敞篷班车

装满衣衫褴褛的一群人

带着我童年远行的梦

冒着青烟

爬过山坡而去

　　社会底层的艰苦生活使他过早成熟，步入社会以后，他不仅在工作上加倍努力，更难能可贵的是，他喜欢上了读书，喜欢上了文学。用他自己的话说，当初开始写作是为了挣几块钱的稿费，用来维持生计，然而在长达三十年的文学探索和创作中，他终于懂得了文学是一个美丽的梦想。在这个美丽梦想的召唤下，他笔耕不辍了三十年，在创作上取得了一些成绩。在沙漠草原中，生活本身就是一种历练、一种积累，他离自己的梦想更近了……

　　关于爱的描述在阿·赛诗集里占据了很大一部分，爱是人间无法衡量的宝贵的精神财富，也是治愈心灵创伤的灵丹妙药，它让茫茫长夜里行走的人找到黎明的光亮，找到心灵的归宿。

　　阿·赛用最朴实的语言把人间最美的东西勾勒出来，他为生活中那些琐碎的生活场景和自然万物镀上了一层爱的光芒，让它们在黑暗中闪闪发光。

　　我要穿越千年的雾霭去为你写首诗

　　我知道为你写的诗比我生命都长久

　　它在万年不变的秋天的风中

　　长成一棵忧伤的白桦树

　　摇曳在北方的天空之下

　　我是一杯酒

　　只要你温柔的手指碰一下

　　我就会在酒中舞动起来

　　瞬间燃烧尽情地歌唱

　　与我梦魇中的怪兽们打斗

　　用爱情之火驱逐你心中的阴霾

　　太浪漫了，只有生活在大草原和广阔的戈壁生活的人才会创作出这样浪漫的句子。

　　阿·赛的灯不仅照亮了自己的诗、自己的人生，也照亮着周围的人和空间。在精神生活匮乏的今天，他的诗给人提供一种精神上的向导，用诗的微光照亮人们低落的情绪，给予人勇气和力量，为生活插上飞翔的翅膀，这就是诗歌的力量所在。他在自己的诗里塑造了不少童话世界：

风吹动经幡的时候

一匹枣红马从图案中跃出

向空寂无人的荒漠奔去

此时，我敲击内心的火石

击出一丝金子般的火苗

一队战车隆隆驶过

压过了我的身体

马蹄嘚嘚，一群人呼喊着跑过来又远去

奔向沙漠深处的迷宫

啊，草原，孤独伤感的人

你是我迟暮的美人

今晚我要带你出走

一条大河向东滚滚而去

请在河水中冲洗你的金银器皿和

疲惫不堪的身躯吧

请你收拾好自己的嫁妆和行装

然后带着那些古老的图符和文字

寻着那盏灯的光亮上路

向着遥远的星球迁徙

请不要吹灭那盏灯

千万不要吹灭那盏苍老的灯

"走进川井供销社，看见货架上摆满了上世纪的日用百货，不见当年的售货员，从尘封的货柜上随手拿起一顶帽子，一顶绿色军帽，把它戴在头上照镜子，镜中出现一位衣衫褴褛的小男孩，他腼腆地向我挥手，令我感到茫然，我们似乎不曾相识，我们相隔太久远了……"电影蒙太奇式的写实造景，绝妙的联想和回忆让我们又一次回到二十世纪六十年代那个物资短缺、精神匮乏的年代，辛酸的生活经历和时代的共同记忆都被活生生地塑造起来。

古老的牧野悲壮的酒歌

在丰收节的前夜偃旗息鼓

唯独泥土是永恒的

那些花草演绎着人间的瑰丽

唱尽生命无常的咏叹调

最终被秋风带到泥土的迷宫

我们与苞谷一起裸奔在秋天的大地

谁能阻挡我们奔向幻灭的脚步

镰刀下躺倒的肥美庄稼

记忆中堆积如山的古老粮食

虚伪的荣耀赞美和侮辱践踏

沼泽地被埋的马蹄声

山坳里蕴藏的时间史诗

把它们统统还给这伤心的秋风！

这种伤感来自哪里？来自诗人的内心吗？还是外界的影响所产生的？他的诗里这种伤感的情怀不时出现，读者不知不觉中被他所触动，与他一起感动一起孤独一起哭泣。他的诗的骨气也体现在这里，不仅有情意绵绵、孤独伤感，还有内心挣扎的呐喊！他在这种复杂的情感中寻找宇宙的真理、心灵的平衡，包括向生活的妥协。

他是一名蒙古族诗人，从小学习母语，用母语开始创作走进文学领域。汉语创作是他进入中年以后开始的。所以他的诗里或多或少能看见蒙语诗歌和蒙古族英雄史诗的那种抒情色彩和叙述方式，自然、朴素、优美、富有叙事感，这种语言特征是其他用汉语创作的作家诗人所不具备的。阿·赛的诗富有抒情色彩，文笔细腻，心理描写与风景描写委婉动人，富含浓浓的地域特色。诗歌对遥远的北方大地、沙漠、戈壁、荒野、山川、沼泽、湖泊、植物、动物、雨雪雷电、海市蜃楼、四季更迭等自然景物的描写给人一种既神秘又身临其境的感觉，仿佛一切都在眼前，又仿佛远在天涯，又似乎在梦里。这种神奇宽广的表达让他的诗歌有了旺盛的生命力。他的诗具有海阔天空的幻想曲效应，表达出对草原文化和人类命运的关切，渲染游牧民族的生态法则，与天地合为一体，与大地共生共荣的哲学思想。

自由是宇宙永恒的主题，也是阿·赛诗歌的重要表达。鸟儿追求天空飞翔的自由，马儿追求被主人解放奔向大地的自由，小河追求汇入大海的自由，诗人更是追求精神思想的充分表达。可以说，阿·赛的诗里饱含着草原上生活的各族人民的历史文化观和生存智慧，他的诗为我们开启了解游牧民族心灵史的一扇窗口。希望他在未来的创作中能够得到中外优秀诗人的点评，在诗歌创作水平上得到更大的提升。愿阿·赛在诗歌的天空里自由翱翔，啼鸣出独一无二的美妙歌声。

诗以对万物的命名而确立了自己的声音，诗也是生命瞬间灵感和宇宙万物相遇的语言结晶体。祝阿·赛的诗越写越好，诗路越来越丰华致远。

2023 年 11 月 12 日星期日

目录
Contents

把草原寄给孩子们

风啊　把我的草原带到远方去吧

好比一个硕大的绿地毯，一张空白的纸

让城市的孩子们在那上边

尽情地打滚儿玩耍，用画笔描摹那

童话世界里的一切

老虎和熊、狼和羊，还有森林小河

太阳月亮、蓝天白云、小鸟和蒙古包

用他们天真的笑声和可爱的小手

把我的草原复活起来

草原从此不再孤独不再荒凉

孩子们也不再孤独

让他们在这块大地上行走

骑乘他们梦的白马穿越宇宙

采摘春天的花秋天的果实

用他们的小手

在我们的沙漠里种下

童话的树，永生的梦

还有稀奇古怪的城堡

等孩子们玩腻了有些乏味了

请把草原还给我

哪怕等一万年都无所谓

只要孩子们快乐幸福

我会在时间的彼岸等你

等到你变成须弥山一样兴盛至极

我会点燃艾蒿手捧哈达

马桩上拴一匹圆溜白驹

门前飘起风马旗的五色经幡

用天地间弥漫的艾烟和

响彻人间的海螺号做向导

点燃一盏灯照亮你的归路

铺开我心灵的白毡

就如迎接新生儿一样拥抱你，我的草原

今晨，我用顺风快递

把最后一片草原寄给远方

收件人是未来世界的孩子们

在川井 ① 供销社

走进川井供销社

看见货架上摆满了

上世纪的日用百货

不见当年的售货员

从尘封的货柜上随手拿起一顶帽子

一顶绿色军帽

把它戴在头上照镜子

镜中出现一位衣衫褴褛的小男孩

他腼腆地向我挥手，令我感到茫然

我们似乎不曾相识

我们相隔太久远了……

窗台前放着一部老式电话机

摇了摇它的手柄

拿起话筒贴在耳边

听筒里传来熟悉的女人声音

---

① 川井，内蒙古巴彦淖尔市境内的一个小镇。

"喂！喂！请讲话，这里是玛拉迪！"
玛拉迪是我的家乡的名字
一个偏僻落后的小乡村
话务机前坐着一个胖乎乎的大姐
咔嚓咔嚓的接线声和咕噜咕噜的摇把声
响彻这个小镇，成为一道风景线
路过的人喜欢从窗外窥探这位线务员
欣赏着这位来自大城市的胖姐
她忙忙碌碌地连接着每一个电话
根本不关心窗外的一切
一会儿听筒的声音中断了
听见嘟嘟的声波
我久久不敢放下听筒
等待着胖姐姐的回话
也许那位胖姐姐早已不在人间了
她可能去另一个世界的小镇
坐在邮电所的话务机前
忙忙碌碌地，忙忙碌碌地
为阴阳两地间的人们接线

又一个秋天

——写给九月的鄂托克草原 [①]

秋天是悲伤的季节

九月的鄂托克草原

被笼罩在伤感的白雾之中

风在草丛中呜咽

似乎在寻找岁月中消失的

某个王朝的废墟

候鸟们开始南迁

它们的歌声却留在芦苇荡里

苍老的北风吹不净那大雁的啼鸣

远山走失的骏马也跑回

自己降生的沼泽地

马蹄声是交响乐的鼓点

蹄声伴着忧伤的嘶鸣

响彻整个秋天的深夜

① 鄂托克草原，内蒙古鄂尔多斯市西部的草原。

今夜我站在悲情的草原上

站立在飞鸟的黄昏里

遥望满天的星星和远处

隐隐约约移动的山脉

进入了思念的意境里

黄昏沙粒飞扬的小路上

有你的脚印在发光

被你的脚步溅起的露珠

在草丛中唱着忧伤的歌儿

用寒冷的弯月斩断

整个夏天的绿色和盛情

在这历史都无法鉴定其主人的荒原上

我放牧着太阳和月亮星星

也放牧着我那七只黑山羊和一匹老马

苦苦地等着某个君主的降临

谁能阻挡古河娓娓道来的英雄史诗

谁能吹灭那古寺里默默燃烧的灯

我骑着老马慢悠悠地行走着

只有秋风能知道我要到哪里去

用火镰打出一丝火光点一支烟

猛吸一口来自远古的芳草味

然后头枕着草地

死一般地睡去，周游梦境

梦见七彩斑斓的宣纸上

你挥舞着陈年的狼毫

写下了一行行狂奔的草书

那些字瞬间又变成一群烈马

从秋天的大地上匆匆跑过

你的城市是那样的遥远

你带走了苜蓿的芳香和

大地橘黄的秋色

在酒樽里跳跃的疯狂

透过篝火飞扬的摇滚

今夜，一颗尘埃

落下一滴浑浊的泪

萧瑟的秋风吹过我的胸膛

是什么人仍然孤立在草原上

眺望着远去的候鸟

悠悠红尘路上谁能抵挡这秋日的悲伤

唯独那大地深处断断续续的马头琴声

抚慰着芸芸众生

牧人们披着星星披着苍穹

安然地入睡

就像野草在秋风里摇曳般

那么轻盈那么安详

秋　夜

你和我

搭乘八月初八的月牙船

开往山花烂漫的彼岸

生命里多年干瘪的那粒种子

在这花与星辰轻轻耳语的夜空下

悄悄发芽

是谁的浪漫

在荒无人烟的大地上

雾一般升腾

狂野而原始的冲动

终于唤醒了那一株

忘却绽放的郁金香

大地无语　草木无语

四野一片寂静

只有那西天高悬的月牙

和它的两颗伴星
微笑着祝福你我的邂逅

你的眉宇在黑暗中发光
温暖我冰凉的十指
我是一株干渴欲裂的戈壁胡杨
要在你的河水里尽情萌芽
把灵魂里最精彩的诗行
植入你温柔的心坎间
在这永不黯淡月光下
静静地
守候你的花开

秋天的童话

我等不及春天的到来
等不及一轮满月的到来
把压在心底的悄悄话
现在就告诉你
在细雨连绵飘起雪花的夜晚
在带有你的味道的风中独自沐浴
你在我的梦域里月亮般照着
在我的心田上春树般长着
愿在你的月光里甄别人间的真假
愿在你的春树下埋下千年的许愿
我要穿越千年的雾霭去为你写首诗
我知道为你写的诗比我生命都长久
它在万年不变的秋天的风中
长成一棵忧伤的白桦树
摇曳在北方的天空之下
我是一杯酒
只要你温柔的手指碰一下

我就会在酒中舞动起来

瞬间燃烧尽情地歌唱

与我梦魇中的怪兽们打斗

用爱情之火驱逐你心中的阴霾

月光下吟唱的酒樽

守护着你的唇纹

冬夜里冻僵的浪漫激情

化成梦语般的白雪轻轻地落在大地上

你的倾诉就像白雪般落在我的心坎上

你用炙热的呼吸苏醒了我的酒樽

我用颤抖的嘴唇给你印下爱的印章

我把你的名字刻印在心的田野

在生命的黎明中呼唤着你的名字

夏天太过短暂太过匆忙

迁徙的候鸟背着春天的童话

去穿越这悠悠而漫长的秋天

它们的歌声撕心裂肺

尽管跋山涉水历经艰难

但等待它们的是死亡和阴险

我将串起孤独的秋雨

编制成竖写的北方文字

配上美妙的鄂尔多斯民歌旋律

在你的窗外唱起千古的歌谣

从你内部发光的躯体里

我似乎找到了爱情的密码

你的微笑像一把匕首掏空了我的内核

我宁愿淹死在你深邃的目光里

我愿斟满毒液一般的爱情誓词

在你寂静的宫殿前饮下

唱着尘世间一曲忧伤的歌谣

梦一般飞向春天的盛宴

伤心的秋风

那些美丽的花朵

依旧熊熊燃烧着

刺痛路人的眼睛

屋檐下长大的雏燕们

找不到迁徙的方向

飞进岁月的黑洞里

变成点点滴滴的符号

被酒精稀释了的汉子们

变成许多幻影在村庄中漂移

古老的牧野悲壮的酒歌

在丰收节的前夜偃旗息鼓

唯独泥土是永恒的

那些花草演绎着人间的瑰丽

唱尽生命无常的咏叹调

最终被秋风带到泥土的迷宫

我们与苞谷一起裸奔在秋天的大地

谁能阻挡我们奔向幻灭的脚步

镰刀下躺倒的肥美庄稼
记忆中堆积如山的古老粮食
虚伪的荣耀赞美和侮辱践踏
沼泽地被埋的马蹄声
山坳里蕴藏的时间史诗
把它们统统还给这伤心的秋风

秋　叶

在树枝上整整一夏天歌唱的

那些叶子

伴随着北风

纷纷落下来了

它们给落魄的街道

盖上了厚厚的六色绸缎

街道是一位睡着的赤身女人

是躺在金币堆里沉睡的富婆

是穿梭在高楼大厦间的另一种旅行者

北风啊

请把我也吹进大地的深处吧

允许我停歇一下脚步

让我披着那六色绸缎的衣裳

静静地睡去

远离车水马龙的喧闹

远离灯红酒绿的烟火

睡他一个冬天

当春暖花开的时候
与艾草和菊花一起醒来
用海市蜃楼般的雾和绿
装饰这座老城
安抚那些诗人的孤寂

冬夜的诗

万籁俱寂的夜
我坐在无限的思念之上
去砍伐星星和梦之树
远方的佳人你可知道
这凄厉而寒冷的冬夜
我为你守着夜
守着永不灭亡的一盏灯
去抚慰风的伤痛
拥抱那黎明的曦光

八月十五的夜晚

八月十五的夜晚

风霜和失眠如约而至

一轮瘦的月亮

拨不开历史的云雾

在长空中喘息

是谁的酒樽

举在夜空中

邀起了千年的古月

那悲欢离合的人间剧情

在暗淡的月光下

变成了活化石

只听见远处传来牧马人

悠长的口哨曲

水一样从草地淌过

天上的羊

正午时分

草原的天空中飘浮着

多姿多彩的云朵

我在草地上光着上身

放牧着王者的荣耀和空虚

昔日的羊群全无踪影

暴风雨将我的

羊群的脚印

从土地上删除

只留下几颗泛白的粪蛋

随风飘落

证明它们是草地的主人

起风了

草原更加凄凉空旷

我静静地坐在

这片羊群蹄印消失的草地

向草地诉说着昔日的辉煌

我是唯一在草地上
被遗弃的牧人
酷像一块
历经万年风雨的活化石
我躺在悲情的草地上
仰望着天空中的那些云朵
冥冥之中看见我的羊群
那洁白无瑕的圆溜溜的
肥壮的羊儿们
在没有栅栏的空中草原
自由觅食随意游荡
我舒坦地吸了一口气
似乎听见我那孤独的
被母亲遗弃的小羊羔
可怜的叫唤声
就这样一动不动地躺着
我想告诉我的羊群
草地上
一共有两个人
那就是我和我那悲凉的影子

草原是孤独的

越辽阔　越像一座孤独的海洋

一个王者在这里唱一首长调

没等唱完一曲他年已古稀

在阳光的暴晒下濒临枯竭的

沙漠深处的海子里

蝌蚪们在游玩

孩子们注视着远方

远处的山和天边的云彩

一列列迁徙的鸟群

带走了孩子们的心

望穿时空的远走梦想

在胸膛中慢慢滋生且膨胀

每当挂起南风的时候

母亲在毡包里坐立不安

点起一支烟然后扎紧腰带

踏上寻羊的路途

可是羊群早已翻越那远山

走失在遥远的沼泽地里

迷失了归家的方向

寻找蹄印的母亲

她无法翻越那座山

那座山是时间的分界线

她在草地上转呀转呀

最终捡到几颗湿漉漉的羊粪蛋

她绝望地看着远处

看着雨雾缭绕的天边

跪在草地上哭泣

在繁星闪闪的夜空中

母亲突然看到了

失踪已久的七只老山羊和

六只小羊羔

它们迁徙到天河中去了

就在那天晚上

母亲也升到天堂

与她的羊羔们团聚了

午夜　我为草原点一盏灯

我端坐在黄昏的草地上

静候每一位前来探路的人

一个个双眼失明的夜行者

想起千年前一位长者曾说过的话

"花角金鹿栖息之所，

戴胜鸟儿育雏之乡，

衰落王朝振兴之地，

白发吾翁享乐之邦"

千年的风千年的雨

没有改变这片土地

一座空空落落的宫殿

在荒野中静静地躺在红尘里

那座被风蚀的残缺不全的墓碑上

仍然记载着今天草原所经历的一切

人们在草原上挖出一个青铜图符

上边画着各种图案和密码

短刀上刻着怪兽图案和

几行弯弯曲曲的古代文字

那是神的亲笔字迹吗

石窟里保留着光身女人的壁画

她们嘴里的箫笛忽然奏响一首曲子

一首神秘无比的曲子

岩壁上的象形文字闪闪发光

突然变成几只花鹿

躲进时光的密林里

今夜我要护佑这片草原

不顾宇宙的喧嚣和浮躁

赤裸着身子与天对话

用身体抵挡来自宇宙的雷电

用呼麦的神曲唤回苍天之神

用意念复活远古森林

召唤千年前的大鸟

用高大无比的光秃秃的山峰

监听着草原深处的每一首歌

和草丛中悄悄滴落的每一滴露珠

有人骑着马口里吹着长长的哨音

从我身边影子般飘过

沙漠深处传来一个女人

忧伤而孤独的长调歌声

声音越来越近最后近在咫尺

歌声突然中断了周围死一般寂静

夜色铅一般深沉

远处的山在夜光中越发沉重

风吹动经幡的时候

一匹枣红马从图案中跃出

向空寂无人的荒漠奔去

此时，我敲击内心的火石

击出一丝金子般的火苗

一队战车隆隆驶过

压过了我的身体

马蹄嘚嘚，一群人呼喊着跑过来又远去

奔向沙漠深处的迷宫

啊，草原，孤独伤感的人

你是我迟暮的美人

今晚我要带你出走

一条大河向东滚滚而去

请在河水中冲洗你的金银器皿和

疲惫不堪的身躯吧

请你收拾好自己的嫁妆和行装

然后带着那些古老的图符和文字

寻着那盏灯的光亮上路

向着遥远的星球迁徙

请不要吹灭那盏灯

千万不要吹灭那盏苍老的灯

我是羊倌儿

小时候，我在遥远的北方草原放牧
那时候，草原上只有青草和沙漠
沙漠深处有一道道绿川
羊群沿着绿川吃草
我在一片沙柳林中栖息
从怀中掏出一本旧书
梦想着哪一天走出草原去远行

草原是天底下最荒凉的地域
除了沙子草木，远方的天空
还有偶尔掠过的野鸟飞影
一切都在平淡和枯燥之中

羊群不时注视着羊倌儿
这一刻，羊倌儿属于它们
青草和芦苇属于它们
贫瘠不堪的沙地属于它们

羊倌儿的目光注视着远方
他只能拥有天边的那朵云和
那变幻无穷的苍穹
还有死亡般的空旷和寂寞
属于羊倌儿

这里的一切简单得不能再简单
连野鸟都是清一色灰褐色的
鄱阳湖的七彩鸟不会迁徙到
这干旱的沙漠腹地
沙漠里的湖泊眼看就要枯竭了
羊倌儿的眼泪救不了它
只有一棵千年不死的老树
默默地恭听着羊倌儿的倾诉

当天边的黄昏悄悄来临时
羊倌儿依然坐在沙丘之上
目送那片云朵慢慢消失
然后背上一堆干柴捆子
像一只推着粪团的甲壳虫
在沙地中缓缓移动

沐浴着些许凉意的夜风

羊倌儿和他的羊群

在黑暗中牧归

那缀满星星的夜空下

人们和羊群安然入睡

唯独羊倌儿不能入睡

他遁入浩瀚的星空

放牧着星星和童年的梦想

去寻觅书中的远方

去追寻太阳吻别的雪山和大海

康巴什^①的六月

聆听着乌兰木伦河面上

奔跑的风声

夏日像一个疲惫不堪的老人

在黄昏的树荫下喘息

门前呼啸而过的运煤列车

打破中央广场的宁静

一群巍峨的青铜雕塑

从梦魇中惊醒

那些巨人根本听不懂

康巴什人说的话

只听见面色狰狞身材魁梧的头领

发出一声失望的长叹

花丛中穿梭的彩蝶

穿血红色裙子的女人

① 康巴什，鄂尔多斯市中心城区的名称。

正午的阳光里匆匆走过的

异乡人的背影

空气中响了几声干雷

那些形状怪异的白云

玩弄我们太久了

四号桥上有一对金翅大鹏鸟

它们在这里栖息了很多年

它们迷人的七彩翅膀上

积满了时间尘埃的斑驳

它们孵化不出雏鸟的鸟蛋

鸟蛋已变成一堆古铜色的巨石

蚂蚁般的一群人

在那巨石下面避暑

筑造一个地下宫殿

冬眠在那里

啃食着一个坚硬的鸟蛋

有三本发着金光的古书

经不起时间的风雨

黎明前倾倒在乌兰木伦河岸

书中的英雄或各色人物

纷纷逃往历史的沙漠
故事情节到此结束
一切皆为从头开始
一切都回归为吉祥如意

毡包门前的禄马风旗
在风中讲述着故事的续集
双目失明的苍老歌者
日夜哼唱着一首古老的歌谣

不知哪个部落的贵夫人
把头戴丢在这荒原上
在这橘色的黄昏中
疯舞的各种肤色人群中
找不到昔日王妃的影子
她们把头戴撂在康巴什
人已经走进博物馆的壁画里

鄂尔多斯的夜晚是激情澎湃的夜晚
鄂尔多斯的姑娘们
永远是最潇洒的草原主子
她们是一坛千年的美酒

她们是阿勒泰山上的雪莲花

她们是深宫里不灭的酥油神灯

她们是一部读不完的神秘典籍

篝火里的红柳干柴

发出噼噼啪啪的响声

好似一群武士在挥剑操戈

空旷的地上矗立着一把马头琴

王爷把弓子丢在远古的黄昏那里

只有苍老的北风在拨动着

悲苦和厄运两根琴弦

发出人间最壮美的曲声

一轮硕大的诡异的明月

从沙漠那边爬上来

虎视眈眈地偷视着这座

梦魇中沉睡的小城

康巴什人的梦里

乌兰木伦河在犯洪水

万马奔腾般的洪水

踏平了黄土高原的丘陵

平地上铺满了黄金

黄金城堡里美女如云

青铜花鹿的乳头里
流出几滴绿色的汁液
人们用它来祭奠
被遗弃多年的索伦敖包
和荒漠中的未来王者
青铜野兽们
啃食着这个城市
永不泯灭的贪婪之草

几个歌者和诗人
在城市的角落里唱歌吟诗
他们的诗歌拯救不了
正在走向衰败的梦中王国
沏好的一杯奶茶里
有民间故事和英雄史诗的味道
那浑浊而透亮的茶水里
映射着古人的智慧和呼吸
把茶水洒向苍天和敖包
祈求着上天能够赐予甘露
幻想着沙漠一夜变成绿洲

幻想着康巴什成为哥本哈根^①
幻想着乌兰木伦变为万鸟的天堂

一株干枯得将要倒下的艾草
最后吐出一丝芳香
理疗着这座城市的寒气
留存是最好的重生
忘记是最好的继续
钢筋水泥中只有呐喊才会留存
二十四节气里只有沙尘才会留存
天空中只有影子才会留存
死亡是永远不倒地的摔跤手

我们为什么生活在这座城市？
那些英雄的后裔和神马的家族
带着锈迹斑斑的刀剑
迁徙到远山的夏令地了
我们是变异的种子
开放在乌兰木伦河岸
我们是为这座城掌灯的人

---

① 哥本哈根，丹麦的首都，全球最宜居的城市。

用烛光安抚着那些孤独的灵魂

明天下不下雨

只有老天才知道

乌兰木伦！乌兰木伦！！

鄂尔多斯人最后一滴泪水

骏马渴死在你的岸边

我用身体里储存的原始的水

去拯救那两只大鸟

我是一个寻找灯火的歌者

是康巴什的夜游客

索伦敖包那边猫头鹰在呜咽

与我的歌声远远呼应

把自己隐藏在黑夜的角落

点燃北斗七星

在这静谧的河岸写诗

为康巴什写诗

为干旱的六月写诗

为明天的王者写诗

爱情童话

深深的两道酒窝

胜似白玉的二十颗牙齿

那一双明亮的大眼睛像

受到惊吓的黄羊般跳跃不定

每当会面的瞬间

被你的明眸之箭所射中

在你眼前装死

像一只温顺的羊羔一般

久久地躺在你温柔的栅栏旁

咀嚼着我们生命的青草

撒欢在你透着奶香的襁褓里

我能够撑起尘世的风雨

但被你的一双泪眼所击垮

似乎骨骼在散架灵肉在蒸发

就这样在你深邃的水潭中沉下去

那二十颗白牙

神秘宫殿的白玉护栏

我总是越不过那一道道栅栏

久久地跪在你的城门前

等待着城门的缓缓开启

当黑夜来临的时候

我把黑暗撂在你的门外

手捧一颗金色的满月亮

让它燃烧在你的窗台前

然后如久渴的公牛般

冲向你生命尽头的那一湾清水

在你薄雾般神秘的脸颊上

栽上几朵属于我的花瓣

用炙热的吻点亮你这位

高贵的草原皇后的躯体

我像一匹野马在你的

疆域里驰骋　久久驰骋

我将这把带有蹄声的花瓣项链

佩戴在你温柔的胸前

此时我俩变成一道情爱的绿光

呼应着遥远的星空

与星海之光交织在一起

点亮今晚孤独的草原

用生命的绿光塑造另一个大地

月亮西斜了星星们渐渐远去了
黎明的露水打湿了我们的衣襟
梦幻即将要熄灭
一朵朵鲜花抖净身上的尘土
高傲地站立在晨光下
它们含苞欲放　迷人至极
他们即将要替代我们主宰春天
而我们在时间的苍风中慢慢变老
当你俊俏的身姿变成
戈壁的胡杨般低矮时
我会坐在那株老榆树下
与你一起晒太阳
一起在睡梦中追逐那匹绿色的马
守护那永远不老的爱情童话

写给孙女们

我有两个可爱的孙女

她们是田野上最美的花朵

她们是人间最纯洁的两条小溪

她们是我的宇宙中的太阳和月亮

她们是我们生活中所有的喜悦和幸福的源泉

大孙女叫恒骥玛

是一个骑着千里马的草原美女

小孙女叫伊吉莉

是一个手持花篮的幸福使者

家族树上结出的两颗樱桃

心灵牧场里撒娇的两只羊羔

你们穿过漫漫的轮回之路

历经转世路上的千辛万难

从遥远的天国

来到了我们的家

你们出生的那天

爷爷奶奶坐在沙山之巅

我们静静地聆听着来自天空的一个声音

那是风的声音

远山的声音

沙湾里野花绽放的声音

湖水里候鸟啼叫的声音……

人世界为你们打开一扇爱的大门

让你们走进幸福的花园

让你们远离尘世的喧嚣

远离饥饿远离苦难

爷爷愿把大地的所有花朵献给你们

把世上所有珍稀珠宝佩戴在你们胸前

把高原所有骏马和羊群陪嫁给你们

你们是上帝从自己身上割下送给我的一块肉

是绿度母眼中滴下的两滴圣水

你们是沙漠的孩子

你们是风的孩子

你们是水的精灵

你们是大地之光

你们永生在爷爷的长调民歌里

永生在我百年之后发表的诗稿里

你们喜欢跟爷爷玩捉迷藏

爷爷总是会被你们找到

其实爷爷也能藏在神秘的角落

不让你们轻易地找到

可我不想这样做

你们是上天送给我们最好的礼物

你们是我们家族荣耀最好的延续

爷爷哪能舍得放弃你们躲进黑暗里

爷爷哪能舍得让你们孤苦伶仃地

站在黑暗角落里无助地哭泣呢

你们不该在黑暗里嬉戏

你们应该在光明中飞翔

愿你们骑乘着梦的马月亮的马

去做地球王国的女王

去做太阳系王国的妃子

以太阳的名义

把荣耀和王冠送给你们

以月亮的名义

将光明和正义送给你们

我的心肝宝宝们

我的显贵公主们

爷爷愿用毕生的精力披荆斩棘

为你们修筑开满鲜花的人生乐园

愿用衰老的骨骼架起一座千年迷宫

收藏起你们一生中的点点滴滴

愿用歌声和诗稿垒起一座山脉

为你们抵挡风雨

为你们守护家园

母 语

——写在 2020 年世界母语日

茫茫人海中

我的母语在被淹没

时光列车呼啸而过

闪电中看见了一道亮光

那竖写的一道母语圣旨

落在空荡荡的殿堂中

在乌鸦般漆黑的夜晚

凭着儿时的记忆

寻找妈妈的通宵烛光

坐在母语的叶片

怀里抱着一本千年的黄金史书

去跨越愚昧的茫茫大海

慢慢离开故土的记忆

那条梦中清晰可见的家乡小路

怀着我儿时咿呀童声

在野草滩做着远走的梦

最后一课的琅琅读书声
回荡在家乡的浊世阴霾中

苍天收走了那道圣旨
于是母语的殿堂也搬到了天上
被悬挂在月亮之上或
宇宙的童话树上
冬眠一个世纪
静静地等候那些
骑着矮马手持弯刀的人们归来

为妈妈生日而写

妈妈　今天是您的生日
我们深深地怀念着您
在您离开我们二十三年之际
我们为您竖起一座墓碑

其实我们都不知道您的生日
您哪月哪日来到这个尘世的
无人知晓无人记起
只有您自己才会知道

您在尘世生活了才六十三年
可您却历经了太多的痛苦和艰辛
繁星阑珊的夜空里
我们在寻找您的星星

北极星在天边为众生照亮路途
启明星在阿勒泰山脉之顶迎着太阳

您的星星究竟在哪里妈妈
我们在苦苦地寻觅着

妈妈的星星应该在苍穹里
在浩瀚的夜空中与众星聊天
瞭望着我们这个悲哀的世界
日夜守护着儿女们

那毡包里点亮的一千盏酥油灯
在您的星星面前显得暗淡无光
用母乳点亮的洁白世界里
我们暂且忘记人生之苦短

妈妈请不要吹灭您的灯火
逝者们在毡包外徘徊
屋里弥漫着黑夜般的孤独
我要用您的灯火寻觅未来世界

母亲经历的尘世就是
今天所有女人无法见识的世界
母亲用一生的坚持创造了自己的世界

可我们都去不了那个世界

沙漠中背着柴垛缓缓前行的背影
黄昏中寻找走失羊羔的叫唤声
摇篮旁轻轻哼唱的催眠曲
炉膛里烧得发红的干牛粪

这些画面永远镌刻在孩儿的心中
如同岁月深处越发越醇的马奶酒
在人生的暮色中与天使对坐共饮
咀嚼着古老的英雄史诗慢慢变老

长　城

一堵古墙上

挤满了形形色色的人

这数以万计的卫兵们是在

迎候来犯的贼寇呢还是

啃食着历史老翁的遗砖？

城墙好比一棵千年的枯树

横卧在时间的废墟中

就这样躺着　久久地躺着

在它的枝丫上

一夜之间结满了

五颜六色的丰硕的头颅果实

好壮美的景色啊

个个都装满梦想和野心的

坚实的顽固的百折不屈的

头颅们

喊着不到长城非好汉的

那句口号

一路凯歌风雨无阻
游荡于大江南北
似乎苦苦寻找着自己
心灵的安放处

伊犁 伊犁（组诗）

西域

我寻觅着儿时走失的

那轮硕大的太阳

来到了传说里的西域

茫茫戈壁滩上

甩掉时间的累赘

有一股走出尘世的感觉

心境辽阔　如戈壁

追着太阳之神　我永不厌倦

就这样

慢悠悠地行走在西域

儿时的太阳之神　你在哪里？

掀开岁月的尘土

一步步走近你

但你还是那么遥远那么荒诞

走得我筋疲力尽

就躺在血色的黄昏里

耳朵贴着热气滚烫的鹅卵石

手中抱着太阳的火把

守着儿时的憧憬

一夜长眠

伊犁河

伊犁河

苍天在戈壁滩上洒下的

最后一滴泪水

你所扶植的绿

你在戈壁胸膛上雕刻的血管

纹路清晰

那伸向大地之核的亿万根须

把一个巨大的古树托起

那就是伊犁河

神的手中绽放的一棵绿树

一棵倒立的参天大树

撂在荒野中的

西域的爱情神话

让路人猜的谜语

让路人解馋的鱼

就这样静静地躺在那里

在远山的呼唤中进入梦境

那拉提草原

山顶上的那团云雾

山坡上的那片刺眼的绿

那拉提　太阳滚下来的地方

太阳跟大地相互拥抱交配

然后产下一个绿色公主

那一年的夏天

穷途末路的一群人

找到这生机勃勃的山谷

他们高声欢呼"那拉提！那拉提！"

几百年后

充满好奇的我来到这山谷

有生以来第一次看见

这么满目的绿

这么厚重的植物

夕阳缓缓落山

山谷黑黑的暮色中

我　似乎看到大汗的身影

他骑着烈马追赶太阳

山谷里燃起星星般的篝火

将士们在河边洗脸　草地上喝酒

我又听到了他们的歌谣和

风生水起的江格尔史诗

艾克拜尔长辈

我认识了一位文学长辈

一位慈祥的维吾尔族老人

他叫艾克拜尔

我们在一个夏季夜晚

在八卦城的花街上一起散步

狭窄的城池中歌声飞扬

维吾尔族姑娘们跳着赛乃姆舞

我站在舞女的身旁　被歌声陶醉

凉爽的夜晚　玫瑰般的花园

我光着脚行走在人群中

突然感觉艾克拜尔长辈变成了

维吾尔族史诗中的英雄乌古斯

坐在他那宫殿里

与我推杯换盏　把酒言欢

他那的日月星三个儿女

围着我们翩翩起舞

歌声响彻城池和花园

天空中飘着两朵云

那是我们的云

我唱一段江格尔史诗

遥远的阿勒泰山那边传来

蒙古马孤独的嘶鸣声

当夜深人静的时候

我们走在伊犁的大街上

我们又变成了两个普通人

谈论着文学和哲学

沿着青石路面往回走

回到烟火十足的小巷里

卫拉特的传说

在伊犁的小酒馆里

我见到了几位卫拉特蒙古人

他们是巴音郭勒的、博日塔拉的、和静的、昭苏的

他们手捧哈达唱着歌迎接我

银碗里斟满了马奶酒

酒樽里装满伊犁河的水

酒中站着一位黑脸英雄

同胞手中的托布秀尔

远征将士的孤独伴侣

在诉说着这里发生的一切

琴声淹没了一个盛夏夜晚

也洗去了旅途的劳顿

无数匹骏马在山坡上降生又归天

歌声在荒原中滋生又瞬间泯灭

英雄的头颅骨

被埋在白雪皑皑的天山顶上

马鬃做成的托布秀尔

在荒野中歌唱　直到天明

脆弱的血管里沸腾着远古的血

史诗王国的刀剑已锈迹斑斑

我们喝干英雄当年窖藏的酒

唱尽草原的所有歌儿

然后骑乘着时间的马奔向阿勒泰

就像英雄出征一样　一路凯歌

维吾尔族老乡的饭馆

离开伊犁的最后一晚
我们相聚在一家维吾尔族老乡的饭馆
艾克拜尔老师坐在中间
八个民族的兄弟姐妹们
围着一张饭桌消遣时间
我们品尝着维吾尔族的烤羊肉
喝着伊犁的原浆老窖
咀嚼着新疆的轶事
各民族的兄弟举杯共饮
祝福明天的旅途愉快
祝福祖国的明天更加辉煌
维吾尔族朋友弹起冬不拉
艾海提大哥唱起动人的《阿娜尔罕》
藏族姑娘卓玛跳起雪域舞蹈《格桑花》
回族姑娘郭玛唱起宁夏"花儿"
伊犁州的可拜大哥和巴音郭勒的其木德
开嗓子说唱蒙古族的江格尔史诗
汉族老板唱起北方民歌"信天游"
哈萨克族朋友拉着手风琴

柯尔克孜族和塔吉克族的朋友
跳起热情奔放的舞蹈"恰苏孜"
裕固族的朋友朗诵抒情的诗歌
小饭馆成为欢乐的海洋
我划动着白天和黑夜的双桨
把心灵的帆船引向大海
今夜，就在今夜
伊犁河只为我们流淌
听着潺潺的水流声
沐浴在伊宁满目烟火
我们搭乘诗歌的渡船
静静地驶离伊犁
天边的北斗星为我们领航
它用不灭的灯火去照亮
记忆中的古老丝路
远处的天山在夜幕下沉睡
我展开灵感的黑色翅膀
沿着千万条江河，沙漠，平川
去俯瞰祖国疆域的辽阔和壮美
再见，无眠的街巷
阳光永驻的小城

令我陶醉的维吾尔族老乡饭馆

朴实善良的兄弟姐妹

让我们一起去遐想　一起远行

东胜印象

三十五年前的那个秋日

我在民族师范的东山沟里

烧掉了一沓情书和旧照片

连同泪水一起埋入尘土中

回头望着从火电厂烟囱里冒出的

一股股浓烟和川流不息的货运卡车

步履蹒跚地走向学校

那天晚上

我第一次逃避校园

第一次学会了喝酒

在一间狭小的房间里

与你促膝而坐　浅斟低唱

举杯饮下刀子一样的烈酒

相互拥抱　泪如泉涌

外面下着倾盆大雨

夜很黑

黑压压的一群野兽

围着小屋怒吼着

我点燃一支火把

将你的恐惧和羞涩

埋入黑暗里

然后骑着一匹血红色的烈马

踏进你的疆域

攻占了你的城堡

那年我二十岁

秋天的悲伤

一群人
来到了一个边陲的小镇
小镇用秋日的姹紫嫣红
接待了远方客人
一群人
用恐惧和无奈拥抱了小镇
近乎绝望的内心
死死揪住了枯树的根系
秋汛之后刚刚从
封锁中逃逸的黑河水
缓缓流进千年的古树林
戈壁的梦中的一滴水
变成了一颗颗坚硬的鹅卵石
一首远古的歌谣在鸣响
在腾格里巴丹吉林的沙湾里回响
这苍天的亿万峰骆驼
暮色中死一样沉默着跪拜着

等待那可怕风暴的到来

珊瑚琥珀般的大漠灵魂

跳不出这秋天的悲伤

那峰母驼最后一滴奶水

最后一滴泪还有最后一滴血

拯救不了那些迷途的精灵

该迁徙的人们忘记了迁徙

该下雨的云朵变成了风筝

原本不动的村庄疯狂地游动

势不可挡永不停歇

村庄吞咽了沙漠

永不满足的饥渴吞噬了远方

天空变得如宇宙大爆炸的前夜般

黑暗那样的寂静

戈壁滩上下起了石头雨

人们冒着雨去捡石头慢慢消失在

海市蜃楼的尽头

沙漠变成新的城堡

被时间遗弃的地下黑城

又一次被占领

苍老的土墙堆上

插着胜利者的旌旗

刺耳的歌谣狂欢的舞蹈
惊醒了大漠的一切

元上都

七百年前的夜晚这里灯火通明

繁华得犹如一团熊熊燃烧的火把

各种肤色的人们游行在城池中

他们的话语连鸟都听不懂

宫女们尽情地歌唱起舞

将士们盘腿坐在毛毡上饮着马奶酒

用酒精压抑满腔的虚荣和野性

他们用蔑视的眼神观看宫女的表演

疏忽了弓箭在毡帐外被露水打湿

或者战马在拴马桩上饥肠辘辘地站着

城门外有几个拉着骆驼的商队在等候

黎明后的哨兵检查

几缕炊烟在城外袅袅升起

摸着微微的星光和晨曦

城外的居民开始熬制奶茶

半圆月亮站在天西边

狗吠和战马的嘶鸣

守护着这座草原帝城

牧歌骑着风到处游荡

为逝者引领归去的路

被城池中燃烧的火把照亮了一群白鸽子

好似大汗撕掉的欧洲使者的国书

在空中飞满了纸屑

贺兰草地

黄昏中
我们牵手走在这片草地
今年老天没下雨
荒野里开满了白色的鹅卵石
我们犹如游走在一片浅滩里
到处可以摸得到圆滚的大鱼
黄昏中的巴音森布尔山峰
像黑压压的一群骆驼
随着黑夜的脚步
慢慢向这边移动过来
巴音浩特的灯火
像腾格里沙漠里蹦出的火苗
忽明忽暗
热得快要发疯的田野之风
像狐狸一样拖着长长的尾巴
从我们的身边跑过
旷野中冉冉升起一轮大月亮

它坐在每一粒鹅卵石之上

像个濒死的老人般喘着粗气……

我们背着恐惧与沉沉的包袱

游荡在这片大海里

迷失了上岸的方向

整夜漂游在黑色的大海

周围朦胧一片

只有你明亮的眼睛

像灯塔般

在这黑暗的大海里闪闪发光

哦，原来我是在你的海洋里飘游

划着永远靠不了岸的小船

在你的海水里自由漂游

毛乌素沙漠

沙漠是地上一片
燃烧着的大火
大雁嘴含着一滴水
飞过火焰
疯狂奔驰的蒙古马
变成了绿色的树林
在火焰中画出来美丽的
生命曲线

河套人在这火焰中诞生
火焰是河套人的爱情
绿色是河套人的马
几万年前
他的头颅骨在这火焰中被埋
河套人是不死的幽灵
他下沉到黄土深处
下沉到接近东方的谜底

只有那苍老的风

为毛乌素沙子文身

文出马蹄状的波纹

一本展开的无字古书

谁也看不懂的生命起源史诗

秦 岭

我骑乘着梦的马

穿越时空的隧道

来到了大秦岭的南麓

春雾中我找不到

风的方向

我的马

在月河中游来游去

噼噼啪啪的

春笋拔节的声音

惊飞了岩石上

沉睡千年的红蝴蝶

一群人来了

一群人走了

是谁把晨读的诗句

埋在油菜花的海洋里

林中的鸟儿

吟唱着山里人的家训

只有这古老的秦岭

这大地上沉默不语的老道

用风的手

为我传递了一份签书

那上面写满了

苍天对人类颁布的家训

可惜我们都读不懂它

秦岭夜曲

——致学友们

在秦岭的南麓

开满油菜花的山坳里

有一百个孩子

嬉戏在汉江水边

淡淡的雾和白云

笼罩着青山绿水

啊！远古的大秦岭

请把你的山洞打开

为幸福的人们打开山洞

让他们约会吧

让他们续写那些独居隐士

没有写完的诗行吧

故事里走出的歌者

在山坳里自由飞翔

来自天堂的雷声和暴雨

夜幕下小城的喧嚣

在梦里与我们相见

滚烫的银耳黄酒
忧伤的秦腔调子
在酒樽里疯狂的烈酒
黄昏中注视的情人眼睛
我们与古人和村民走在一道街上
我们把诗歌和乡愁同时捧起
我打着一把音乐的火把
为你们照亮去往酒吧的小径
我们唱着各自家乡的民谣
穿梭在小城的大街小巷
此时草原和山林都属于我们
今夜的月亮今夜的花
都属于我们
青山脚下到处点燃着昏黄的灯
那是村民怀念先人的灵灯
我在暮色中拥抱着你
用我心中的灯把你点亮
站立在小城的夜空下
你如秦岭山脉般轻雾缥缈
你如樱花树般妩媚多姿

今天我要让你远嫁到北方

让你变成无人草原的公主

你多像一条山间的小溪

流经我的心坎

带着我的宽容和歌声

越过山脉

穿过平川

走向沙漠和羊群的故乡

大沙头

大沙头是一座迷人的城堡

坐落在鄂托克西边的荒野中

两匹神骏就在城门外拴着

大漠孤烟缓缓升腾在天边

一帮人在城池中喝酒驱散着孤独

一帮人在城门外观赏着天骏走步

几个人在沙漠里摔跤滚落

几个人在沙漠深处觅食摘沙枣

夜晚城池中点起篝火

长途跋涉的人们在篝火旁睡眠

两匹神骏的蹄声嘚嘚作响

孩子们的梦里升腾着花的海洋

未被驯化的野性草原上

漫步着几只受伤的野黄羊

一个古老的民谣在月光下开花

大雁们从天空中飞过的声音

湿漉漉地跌落在孩子们的睡梦里

塞外的孤城格外寂静

孕育着数以万计星星的大合唱

那昏暗中闪闪发光的金子般的沙丘

守护着千年的传说与史诗

当夜风轻轻吹过来的时候

史诗中的英雄们纷纷从沙漠深处涌出来

在原始的森林中厮杀着孤独和绝望

大地上弥漫着烽火台的狼烟

露珠里浸泡着初升的太阳

托起一个世纪的等待和希冀

额济纳（组诗）

额济纳的夜晚

这个戈壁是人间的
但这片胡杨林不是人间的
上帝为了安抚戈壁上的人
恩赐了这么一片胡杨林
于是天边有了这片绿洲
让孤独的人们热闹一阵子
胡杨好似街边晒太阳的古稀老人
睡眼惺忪地躺在荒滩里
它那盘根错节的根系
紧紧拥抱着弱微的黑河水
整天忙碌的小镇睡了
摄影机的咔嚓咔嚓声音
还回荡在林间小路上
冰冷的北斗星从天而降
然后踩着金色的落叶

蹒跚地走进胡杨的时间

走进黑暗的达来呼布的胡同里

黑城

被沙土埋了半截子的一座古城

不知召唤着多少好奇的旅客

黑河什么时候涨潮我不知道

星光下黑城在打着盹儿

它的梦里鼓角齐鸣战马嘶鸣

一场接一场一朝接一朝的骚乱

对时间来说只是几宿噩梦

狼烟、海市蜃楼、驼铃、马蹄声

黑城装着很多人的梦境

静静地躺在时间的隧道里

沙漠是个狡猾的外来客

沙漠是行走的强盗

沙漠用古老的风来演绎着黑城的秘史

黑城消亡了还会有白城诞生

历史不会因它的更替而孤独

城池里昏黄的灯光无力地照耀着

沉睡的古城居民

在城门外黑压压地站成一片
沙漠深处似乎还能听得见
有人哭泣有人歌唱还有人
在黑河岸边吹着口哨夜游

怪树林

时间扒光了它们的衣服
朔风吸干了它们的骨髓
它们变成了这些骷髅
或许是向着空中呐喊的话语
时间老人的拐杖
它们又像舔着自己的伤疤仰天长啸的孤狼
悲壮地诉说着
地球的故事人类的往事
虽然黑河弃它们而去
它们仍然在干涸的河床上坚守着
等待着新的大海
一片死寂并不等于全然结束
生死的漫长抗争
编写出一部隔壁的传奇
历史变成几只麻雀

在光秃的树枝上飞来飞去

让人产生绿意盎然的幻觉

苍老的北风累坏了

在枯树的影子下奄奄一息

被他风蚀的沙峰们

幻化着属于自己的绿洲与大海

演绎着死亡与生存交替的游戏

居延海

你从祁连山的深处走来

不知历经多少次火焰和沙尘暴

你是戈壁的瞳孔

涌流着生的希冀和不死的戈壁传说

你也是骆驼的瞳孔

装着整个戈壁蓝天和沙漠

湖水中芦苇荡稀稀落落

鸟儿啼叫如此低沉

月光中的芦苇像极白雪

无力地隐瞒着这个世界的真面目

居延海的水从天上而来

流入一座深不可测的沙漠迷宫

篝火的光里有几个黑脸人在摇曳着

沿着干涸的湖岸行走的时候

耳边响起从远处临近的驼铃

但这一潭水解不了久渴的驼群

海燕发出尖叫在空中盘旋

监视我们的手掌里有没有谷粒

居延海，请允许我

在你岸边种下几株水稻

来年我要把稻米撒给海燕和麻雀们

喂完稻米我们就离开居延海

一群人过来又有一群人离开

最后只留下一潭干瘦的湖

东风航天城

太阳西下的时候

我们从额济纳的小镇出发

沿着渺小的黑河

穿越胡杨林，向东风城走去

哦，谁在高耸的发射塔里歌唱？

我望着远处的巴彦宝格德敖包

敖包山头发着金黄的光芒

敖包的神祇们抛出几朵

被夕阳染红的云团

凝望着那片红云

难耐的孤独正在体内生长

我望着苍穹

默默祈祷着

英雄哦，下次飞天的路上请把

月宫里的嫦娥给捎过来吧

我要在巴音宝格德敖包上点一盏灯

为嫦娥和英雄照亮回家的路

手持一串红柳花絮

震动居延海的琴弦

唱一支尘世的歌谣

慢慢走进额济纳的史诗里

甘其毛都

一片荒凉的戈壁上

长着一棵树，一棵神奇的古树

我穿越千山万水来到了这棵树前

树冠硕大枝叶茂盛像似一座山

我瞬间忘却了一身的疲惫

停下迁徙的脚步

躺在树荫下歇脚打盹儿

树荫间阳光在穿梭

照在我身上的无数斑点

使我变成了一只美丽的花鹿

弯曲秀长的脖颈

回眸幽深的林间小道

预感有一位伤心人从这里路过

用胸中带有花露水的诗句

治愈自己心中的旧伤和

忽然的惆怅

猫头鹰

黑夜对人类来说是压抑的
但是猫头鹰不厌烦黑夜
它们有一双穿透黑暗的眼睛
所以黑夜就是它们的白天
上天赐予它们一种
黑暗里生存的本能

当人们躲避黑暗钻进角落的时候
它们在伟大的黑暗里尽情飞翔
停泊在冰冷的沙山之巅
唱起苍老的一首歌
俯瞰着这片沙漠
敏锐地捕捉着鼹鼠们来自地底下的动静
以及远在天河的那些星风呼啸之声
只有那七颗苍老的北斗老翁
唠嗑着它们永远也讲不完的故事
猫头鹰被那故事所迷惑

黎明前打了个盹儿

就把属于他的黑夜给走丢了

我们生活在一片废墟中

我们生活在一片废墟里

每天迎接太阳，又去迎接黑暗

在外边，赞歌嘹亮

空气中弥漫着

香柏叶燃烧的味道

生活的枯燥和乏味

犹如一床破旧不堪的

被褥一样在那里堆积着

该起来洗脸刮胡子了

面盆水中溺死的几只苍蝇

像海水中丧生的亚洲象

壮观而悲悯

镜中的我像个中世纪的骷髅

只有两只眼里

冒腾着二十一世纪的青烟

忽然看见昨天的我扑扇着翅膀

从时间的废墟中飞走

殿宇的飞檐上沉思的两只仙鹿

犹如不老的神话

用不屑一顾的眼神

俯瞰着这红尘大地

那时空中若隐若现的钟声

仿佛叙述着废墟曾经的辉煌

听哦，废墟在大口喘气

如同一个巨人被刺伤后的呻吟

风中哀鸣的长号声

埋没了这来自阴间的呻吟

鬃毛上燃起火焰的一匹马

穿过浓浓的黑夜

向着废墟的正大门狂奔

废墟里有了躁动传来阵阵喊叫声

城池里挤满了穿黑衣和穿红衣的人们

他们像旱年的马匹瘦骨嶙峋

他们打着火把沿着城墙一圈一圈地转

他们手捧一些石头般坚硬的奶酪

边走边啃食着奶酪以及发黄的家谱

街巷空虚又寂寞，芸芸众生鸦雀无声

只有那橘黄色苍老的太阳

狰黠地在那里狂笑在发飙

晒不死的乌鸦群在空中盘旋
它们像漫天飘舞的黑纸屑
最终降落在废墟的每一片瓦砾
在幽暗的废墟里陆续展演着
市井烟火千年的剧情

制作银首饰的牧羊姑娘

在一个简陋的房屋中
有一位牧羊姑娘在
精心串着一串银项链
银子的乳白色亮光
照亮了姑娘的脸蛋
姑娘脸上泛起淡淡的忧愁
但她美丽的嘴角绽放
樱桃花般的笑意
她银筷般细长的十指
在无数颗银珠间游动
一颗颗银珠变成姑娘
一滴滴思念的泪珠
被串在时间这根脆弱的细绳上
每颗银珠里包含着姑娘
无数次的祝福
在每颗银珠上印下自己的肖像

制作成自己的世界

寄给远方的情人

宇宙是一棵树

宇宙是一棵千年的古树

静静地守护着时间的秘密

太阳和月亮是树上的果实

星星，这些岁月的冰霜

厚厚的挂满了树梢

那棵树在传说中生长

树下苍老的土地

失去了原有的辉煌和名声

一千次的开花一千次的花落

已经使它不堪重负

那古树的枝头上曾祖父和

我的孙子们尽情玩耍

他们都不认识我

光知道碰杯喝酒

有那么几个人

左手抓着矛右手握着剑

从我们的身边跑过

又消失在历史的尘埃里

分不清善与恶的炊烟

在世纪的黄昏中升起

是谁在熬着百年的奶茶

谁又在炉火旁叙述着时间的传说

漆黑的夜晚听见忧伤的笛声

骑着矮马的游人从天边走来

天上筑巢的老鹰

孵出太阳和月亮两个儿子

宇宙再大也是老鹰的草场

归了天的阿爸仍然是鹰的主人

阿爸把自由带到另一个世界

把我留在这孤独的地球上

那些牲畜们吃光地上的所有草

最后像阿爸啃食绵羊肩胛骨一样

将我慢慢嚼成戈壁鹅卵石

圆圆的光滑的微不足道的

诗人的迁徙

千万个人

从我的草原上走过

千万种名字

在草原的记忆中穿过

我是一座敞开着大门的

被孤独包围的远古小城

数以万计的人们在

我的城池中生活

我的抒情诗

在时间的外面站立着

我的悠扬的长调民歌

在历史的天空外传扬着

凌晨在微光中铺开

灰褐色的处女大地

书写远古的诗行和激情的音符

如初冬的雪花如约而至

我变成一匹时光中穿越的白驹

在雪地上跑出一道奔腾的诗句

岁月沉沉的尘埃

压在我的肩上

我在时间更迭的喘息声中

与宇宙中飘散的精灵们对话

最后的一片叶子

在初冬的暗夜里凋落

是谁的悲哀在时空中叹息

披着云朵的东方山脉

像多虑的圣人般默默站立

荒野中无声流动的小溪边

栖息着英雄和他的马匹

他们都是草原的过客

千百年来一直来来往往

牛粪燃烧的炊烟中

升腾着霸权者的野心和虎视

金莲花绽放的大地上

奔跑过来一个雪白的公主

她是大海的女儿

在雪花般飘落的月光中

诗人光着脚奔跑

铺满鲜花的原野上

活够一千年

用花的语言与你对话

在我的诗集里保存的树叶

不知过了多少个春秋

诗人坐在这雪飘的原野上

体味着肝紫色岩石的温度

诵唱着他那永恒的诗行

放牧着时间的黄昏和黎明

慢悠悠地在天地间迁徙

骑马人带着无限的眷恋

慢慢从这多情的世界走失

时间书写着一册册原始的童话

在迁徙的尘埃中发出迷人的蓝光

一群灰色的狼群

冲破时间的栅栏

飘向北斗星那里的新牧场

诗人倾听着时间老人的咳嗽声

穿越昏暗的时光之海

去拜访普希金　和他握手

咀嚼惠特曼的《草叶集》

谛听玛雅·安吉罗笼中鸟的歌唱

我的宇宙啊
请把那颗绿色的星球给我
我要把它献给古老的大地
安抚那些深渊里号啕的历朝冤魂
照亮祖先们归来的路途

请把苍穹的云朵给我
我要擦亮山河的雾霾
还原花的清秀　露珠的细语
用细雨的鼓点敲醒沉睡的大地
我要翻开秘史发黄的扉页
去谛听远古的窃窃私语
在古城的废墟和夜晚的神话中
苦苦寻觅着时间老人的遗骸
在阿勒泰的原始森林中
点亮一堆高原的篝火
披着叹息般凄凉的月光
诗人牵着马从时间的山坡往回走
步入他那永无止境的长途迁徙中

与阿爸一起祝颂

我在梦境里

见到我已故的父亲

他是四十五岁时突然离世的

四十年过去了

看见他还很年轻

此时我与他坐在

祖辈的老毡包里

倾听阿爸在吟唱古老的祝赞词

那声音仿佛来自天上

又仿佛来自大海深处

又孤独又深奥又昏暗

我只听清楚两个字

阿爸和我的名字

我悲伤地叫一声"爸爸"

他没有回音

只管唱那古老的祝赞词

最后他骑着那匹黑骏马

驾着云和风离我而去
这时候我又一次看见
阿爸的背影
一座山渐渐地远去
在时光隧道的尽头
等着我

帐篷里的爱情

——写给我的 L.T

一个偶然的机会

让我们走在了一起

怀念曾经有你陪伴的时刻

你坐过的钢丝床

你伏案写字的笨拙的桌子

那台被灰尘埋没的旧电脑

风中摇摇欲坠的帐篷

一闪一闪的电灯泡子

冒着浓烟的铁炉子

炉子上嗞嗞作响的水壶

炉子旁边静坐看书的你

一副绝美的意象派油画

展现在我的面前

橘黄色的微弱灯光

灯光下缥缈的烟雾干冰

为你构造绝妙的创意

一双史诗般蒙眬的眼睛

柳条般细长的身材

流淌着诗意和遐想的可爱肩膀

你是爱情魔鬼的使者

你是初春绽放的神秘之花

在这空虚冰冷的帐篷里

我忘却了生活

也忘却了世界和人类

唯独你的温柔

是我今夜存在的最大理由

你含情脉脉的目光

穿透了我的外壳

窥探我的内核

洗刷着隐藏内心的浮躁与不安

让我勇敢面对每一天的日出和

铺天盖地的烦恼……

写诗的放羊娃

毡包里点着一株蜡烛

它像老母亲的一滴泪水

放羊娃子在烛光下写诗

钢笔在纸上吱吱作响

毡包的穹顶上滑过一道流星

打断了放羊娃的思绪

诗行失控了

像脱缰的骏马一般

从纸面上嘚嘚跑过

嗜睡的猫在那里蜷缩

为新诗的诞生祷告念经

诗人发出一声长叹

诗歌的蝴蝶们围着

即将枯竭的灯火打转

就是不愿落在稿纸上

远处天边一道闪电划过

隆隆的雷声由远而近

这时灯火已经熄灭

毡包里一片漆黑

外面灯火阑珊雨声沙沙

草原交响乐在天地间响起

诗人骑着一匹血红的骏马

在自己的诗境里尽情地奔跑

日月星辰都已死去

只有那一丝诗的光亮

在风雨中为他引路

陪伴他度过长长的黑夜

想你的夜晚

黎明中想起了你
秋风里的蓦然回眸
你淡淡的花香
弥漫在我的世界里
你的身姿在星光下
玲珑剔透美若天仙
你的心跳如
一匹马儿在雨中奔跑
我失踪多年的红马驹
哦！我梦中的爱人
透着白色光芒的我的女王
大青山深处的一个牧羊人
我心中的白度母
从梦的岩石中飞出的仙女
照亮内心阴暗的神灯
我的央金拉姆
站在茫茫戈壁

向着北方眺望

在万籁俱寂的黎明之中

骑着梦的青马

跨过一条大河

手持爱情的火把

照亮你黑暗的山

或孤独中难以入眠的城

然后跑遍你的大街小巷

去寻找你呼喊你

你是我最神秘的城中女王

我是城门外逗留的

一缕清风

一只灰色的鸽子

静候你的城门敞开

等待你的灯火悄然亮起

那些南飞的大雁

是你寄来的信吗？

写在天空上的

一排诗行

只有我能看得懂的

一排经书的字母

一组天使的音符

在这空无一人的戈壁大地

我在为你写诗

为你歌唱

我拉弯爱情的弓箭

指向繁星闪烁的苍穹

瞄准你的星星

我的箭穿透了你的星星

你闪着白光从天而降

我手捧酥油灯和鲜花

等候在沙漠中的毡包门前

今晚我要你成为我的新娘

今晚我要改写戈壁的传奇

在这比世纪都漫长的夜晚

咱俩共同唱着一首歌

放牧着一群羊和漫天的星星

抱着永不熄灭的爱情火焰

静静地进入梦乡

我们一同梦到了一座远山

还有一条东流的大河

梦见光秃秃的山上

长满了绿绿的菩提树

梦见浑浊的河水里

亿万条金鱼在游动

梦见你骑着一匹红马

横穿土默特大地向南疾驰

梦见我站在大地的尽头

手里端着求爱的酒杯迎接你

你的火焰照亮了我的戈壁

照亮了干涸的河床和鹅卵石

你眼睛里流淌着一江春水

我坐在水中为你写诗

洗涤着半个世纪的尘埃和忧愁

你变成了一只温顺的绵羊

卧在我的身边

咀嚼着我的忧伤和孤独

我变成一只食草的狼

与你相伴　与你相爱

在这深沉而遥远的戈壁

盖着封山的大雪

静静地进入冬眠

头枕美丽的葡萄玛瑙石

怀里抱着美丽的你和沙漠泉水

睡他一千年　永不醒来

我的仙女

等你

我在时间的殿堂前

久久地等待着

到时间我会出现在你面前

相信你这句话

用我心灵的孤舟

度过了一千个黑暗的夜晚

在时间的十字路口等着你

你的眼睛如同

茫茫戈壁中忽隐忽现的

绿玉般照耀着

你柔嫩细腻的美姿

映照在云朵之上让我无法自拔

就这样多少年坚持着

走进暮年也忘记岁月的调遣

日日守护在思念的孤岛上

有朝一日变成一座活火山

从久眠的心扉大地上冲破而出

美丽的仙女面前

变成一朵金兰花

像神前的烛光一样

照亮　你的宇宙

我有个瘦弱的蓝色星球

还有矮矮的苍老高原

山头上矗立的石头敖包

敖包前流淌的小泉眼

门前拴着的一匹老马

毡包前打盹的太阳月亮两只犬

时光中幽幽行走的日夜两个用人

毡包里挂着黑脸祖先的画像

旁边摆放着我心爱的马头琴

木箱里装着一捆线装古书

书柜上敬献着一台昏暗的油灯

我所经历的全部生活

我所积累的全部财产

就是这些　全部在这里

愿把这一切都奉献给你我的仙女

为了纯洁无瑕的爱情

请你接受我的厚礼吧

请把我这个高原的音符

永远注入你的乐谱里

尽管这个世界五光十色充满新奇

我只看见你这朵美丽的金兰花

今夜我披着月光在你殿堂前守护

等待着你的门徐徐开启

你的温柔使我变成露珠

默默浸润着你脚下的尘土

你的美丽让我变成七彩的虹

在你的城池中凤凰一样飞翔

你就是用自由这把斧头

从檀香大树上砍下的

一片小小的叶子

你就是从自古以来圣明的

智慧绿度母的衣襟上

向着苍穹升腾的一朵祥云

因为你还没有到来

我的小屋就像冰窟般寒冷

被思念折磨脆弱的心脏

如同一座废墟奄奄一息

请把灯火熄灭吧

我将思念的火把举得高高的

把自己囚禁在你的城堡里

直到黎明时你来迎接我

一匹野马

一匹野马
驮着多个世纪的尘埃
像那些传说中的蝴蝶
在时间的叶片上栖息
前方是无尽延伸的时光
随着时间的更迭迁徙
秋天踏着草原的枯黄
越过千山万水
来到长城外草地转场
当天暖花开的时候
背着思念北归蒙古高原
这样反反复复来来往往
它已承受不起
历史的摆弄　喘息
也找不到奔跑的方向
四个蹄子渐渐陷进
历史的泥泞　寸步难行

远方不再是远方

目标近在咫尺

但这匹喘息不定的老马

失去曾经的野性和耐力

拽住时光的衣襟

乘着北风

走进会做梦的城堡

在空无一人的巷子中游动

巷子很深很窄

老马没有回头的余地

只有往前

走向时光的尽头

完成它的使命

你是一座城

你是一座城

天空下闪闪发光的城

我在你的城外盖起了一座

简陋而狭小的木屋

从远处看见

你的橱窗上立着一只灰鸽子

天空犹如开满银色花朵的一棵树

无数的夜莺栖息在它的枝叶上

唱起远古的歌谣

然后飞向浩瀚的天河里

我在那数以万计的繁星中

寻找属于你的那颗星星

以及你那含情脉脉的大眼睛

你的城池特别安静，安静得让人窒息

一尘不染的你和你的影子在

时间的屏风里舞蹈着

酷似长者在墙上比画的灯影戏

宫殿肃穆，古树肃穆，影子肃穆

你的呼吸来自很远的古国

我顺着开满紫色花的小径漫步

来到了你的河岸上

这是你的内流河

带着无限的遐想

日夜围绕着这座孤城流淌着

永远不会溃堤的恒河

永远不会枯竭的恒河

当午夜时分升起一轮残月

引起一阵狗吠

你的城堡

有了一点点骚动

阴暗里站立着一个个黑脸人

颤抖的树叶从树梢上跌落

落在你温柔的河面上

来吧，远方的朋友

假如你错过了

去往北方的列车

请你别伤心悲哀

我把草原的歌谣

唱给你听

草原五彩缤纷阳光明媚

大地几分孤独几分腼腆

蔚蓝的天空飘着几朵云

清澈的湖边候鸟在歌唱

小伙子骑着飞快的走马

潇洒地驰骋在这片草地

姑娘们披着黑色的长发

嘴里哼唱着动人的民谣

来吧，远方的朋友

今夜我们彻夜无眠

今夜让爱情俘虏你

愿苍天永远保佑你
来吧，我的远方朋友

假如你错过了
去往北方的列车
请你别伤心悲哀
我把草原的歌谣
唱给你听
蒙古包敞开怀抱恭候你
姑娘们端着奶酒迎接你
草原的佳肴摆满了宴席
歌声让你忘却旅途劳累
马头琴倾诉着草原往事
醉梦中听见古老的歌谣
篝火照亮了寂寞的大地
夜空中响起草原交响乐

来吧，远方的朋友
今夜我们彻夜无眠
今夜让爱情俘虏你
愿苍天永远保佑你
来吧，我的远方朋友

流浪者

我在白昼的尽头

独坐一座沙丘

如一个失去王国的君主

打开我那装满烧酒的皮囊

送走烦恼和伤心的一天

黄昏抚慰我受伤的心

也点燃了作诗的激情

梦里行走的那群骆驼是否

今晚经过这荒凉的大地

被驼铃声点缀的沙漠不再孤单

夜晚会把流浪和孤独给我

我凭借助酒的疯狂去远方

一只猫头鹰的叫声

证明荒野还存活着

那些疲惫的谁也看不懂的文字

如萤火虫在昏暗中飞舞着

向苍天诉说着它们曾经的辉煌

送行者

离别之时，正是中午

巴音浩特的大街小巷

弥漫着白雾，没有几个人

几只麻雀在叽叽喳喳叫个不停

你像送丈夫上战场的少妇

我像一位即将远行的人

你问我什么时候再来

我指着远山然后小声对你说

等那山上盖满白雪的时候

你咬着嘴唇点点头，然后抬头望远山

眼里噙满了泪水，还有恐惧孤独和失落

你像一片秋天的落叶倒在我的怀里

那秋叶带着夏天的芳香和昨日的激情放荡

她虽那样轻，却压得我胸口闷疼

你用我们的誓言塑成一匹玉马

拴在了我的心尖上

当我在大漠中迷失方向的时候

那匹马总是发出长长的嘶鸣

那嘶鸣好忧伤像你的悲哭

巴音浩特，正午，心房里跳跃的紫色大鸟

远处的巴音森布尔山峰

泪眼蒙眬的眺望中

我们似乎看到了那山上的

皑皑的白雪在召唤着

一个人的城堡

你的温柔的回眸

化开了我心上坚固的冰

所有的虚荣、猜测、傲慢……

都从身上沙沙地脱落

你像远古的云朵

轻轻地漂浮在我心间

我不敢直视你的眼睛

然后隐藏在你的云中

偷偷地窥视你

在浩瀚的戈壁滩中行走时

炊烟扶起我的孤独

戈壁如此沉默

偶尔掠过的飞鸟影子

像那葡萄玛瑙般稀缺

想你的日子多么漫长

夜梦中看见你拨开千里之风沙

踏着海市蜃楼翩翩而来

啊，我最最钟爱的蒙娜丽莎

穿着黑衣的戈壁女郎

被太阳晒黑的脸蛋上

开满了向日葵般的微笑

我穿过你的微笑走进你的内心

但你的心扉一直反锁着

我用思念的翅膀猛烈撞击那扇门

但还是被拒绝在门外

你像守城人一样把我拒绝在门外

然后我选择了安静和等待

举起一枚鲜红的玫瑰向城门走去

静静地坐在城门外

用眼泪讲述着孤独和悲伤

亲吻那透着你的体温的门墩石

等到黄昏来临

那诗歌里最美的黄金

铺满了你的城堡

我的黑衣天使熟睡的夜晚

梦里说话般温柔的夜晚

我披着繁星静静地躺着

当新一天的太阳升起的时候

我拨开身上的露珠

变成一只野鸟

扑打着金黄色的双翼

飞进你梦幻般的城池

飞到你幔帐前

虔诚地为你歌唱

用一丝丝的思念

梳理着你温柔的长发

北方的月

一轮硕大的月亮

停留在北方的天空

一只强壮的公山羊

拉着长长的胡须

站在悬崖峭壁上

观赏着月亮

酷似一位醉酒吟诗的古代诗人

猫头鹰在吆喝

狐狸在沙漠里发出阵阵嚎叫

那只山羊根本不理睬这些

它在倾听　它在捕捉

那月亮拖着长长的尾巴

喘着粗气

从草原沙漠中蹒跚走过的声音

历史的黄昏

紫禁城已成永恒
历史在它的襁褓里嗷嗷待哺
帝王们枕着黄花梨和紫檀的梁柱
做着千年的梦
（有的还是花一样的美梦）
当五百年后的一天
那棵巨大的紫檀树吐出
嫩嫩绿叶的时候
我还在城门外等着我的爱人
孤寂而幽深的巷子
空若灵堂的宫殿
餍足了胜利者的野心

我读不出宫殿屋顶匾额上
镌刻的神秘文字
在寝室里破败的镜子里
照见了自己卑微的面孔

憔悴彷徨而疲惫的

还有几分狡诈的狰狞的青面獠牙的

让我想起了屋顶上安装的怪兽的模样

原来我也是宫廷的小卒

时间把我们拆散而已

漫长的昏暗里

似乎听到那幽幽的皇寺钟声

那是来自时间缝隙的颤音

穿越千年颤音

在空荡荡的庭院里回旋

骨骼中筑巢的夜莺们

啼唱着转瞬即逝的歌谣

传说中的英雄们

开着战车在战场上

忙忙碌碌地行进着

梦境中的马

智慧之神

扶我上升

无限地上升

屏住呼吸装死

可心跳之声无可消除

躯体像日历一样

一层层反拨过去

剩下只有精疲力竭的

心脏和骨骼

心脏啊

这匹枣红色的野马

拖着沉重的躯体和骨骼

奔跑了五十年

不知奔向哪里

什么时候能够停歇

这盏照亮躯体的明灯

还能照亮奔跑的前方吗

草原 一群孩子

在阳光下晾晒奶酪的阿妈和

姐姐们放羊羔的情景

襁褓里裹着的嗷嗷待哺的弟弟

升腾着蓝色云雾的夏季草原

闪着金黄色亚光的沙丘和

猫头鹰藏身的乌柳林

牧人们旧的发黑的毡包

一个老骑手在天地间发出的哨音

草原最高的声频

一个古老村庄悠长的牧歌

坐在沙地上玩盖房游戏的我们

一会儿成为新郎新娘或成为

正月初一拜年的贵宾

一会儿成为富翁指手画脚

一会儿成为穷人讨吃要饭

一会儿成为醉汉耍酒疯

一会儿成为强盗搞打砸抢

人间烟雨在游戏中尽显

芨芨草丛中懒洋洋行走的

几只灰鹤

静静地观赏着我们的游戏

寻找鸟蛋的光身孩子们

在草丛中奔跑

驼铃声在天地间响起

驼队从天际走来

经过草地又向远处游去

越过远山和沙漠

驼铃声引领着我们的童年

去远方旅行

戈壁深处

　　——忆一位因公牺牲的边防战士

昨夜我梦见了你

在梦里看见

你在茫茫的戈壁滩召唤着我

手捧一块精美的葡萄玛瑙石

于是我又一次扑向戈壁滩

寻找你　呼唤你

去捡每一块石头

找那颗印有你的笑脸的石头

可我怎么也找不到

这除了石头还是石头的坚硬的戈壁

脚下滚动的小小鹅卵石

好似我的泪珠脆弱而冰凉

我俯下身子

去倾听你的呼吸

感受你的体温

与地下的你

紧紧拥抱……

边防检查站的那一盏

悲情而孤独的灯彻夜无眠

为你照亮回归的路

一次次召唤着你

可你还是没有归来

你同戈壁的奇石一起

走向戈壁地壳的深处

沉睡在岩浆里

变成一块血红的葡萄玛瑙石

然后静静地等候上帝的号令

酝酿那火山爆发时的重生

在时光的尽头

等着亲人们

…………

孤独的草原

广袤的北方草原上挤满了

天南海北的来客

看热闹的看草原的看蓝天的

看草原上野黄羊的

看牧民是如何宰杀羯羊的

看牧民如何吃肉喝酒的

看牧民怎样骑马摔跤的

看琴手在河边拉响马头琴

看老额吉放开嗓子低声吟唱

长调民歌时的那种坐姿和远眺

草原是东方世界的大舞台

无论有天赋的没有天赋的

都可以跳上去喊两下哪怕是学鸡鸣或驴叫

草原是无人看管的野性境地

任何人可以到处撒尿

然后在草地上像瞎了眼的强盗一样四处狂飙或

随地架起帐篷开始烧烤喝酒撒欢

塑料袋饮料瓶像白雪一样堆积在草地上

勾起旅人们对北方冰雪冬天的想象

草原是偷情人的摇篮

夜空中弥漫着荷尔蒙刺鼻的气味

草原上演绎着传统的婚礼

人们争相去扮演大汗的角色

手挽着舞女的手走向那灯火阑珊的宫殿

心里暗暗想象着大汗入洞房时的情景

一万个人有一万种想法

一万个人有一万种野心

草原无法餍足所有人的私欲

一万只脚踩向刚刚返青的草地

小草们在地下呻吟

瘦骨嶙峋的马儿在远处嘶鸣

谁也猜不透他们此刻想着什么

也许有人真的可以成为王者

但他们在野心的浓雾中迷失了方向

要等待几千年或几万年之后才有可能

重归草原成为王者

天南海北的靴子在这里堆积如山

靴子的主人们走进了草原深处那座神圣的礼堂

当宴会结束舞台灯熄灭后

一片沉重而浓烈的黑暗吞噬了草原

压得它无法深呼吸无法舒展劳损的腰脊

草原的孤独就这样在黑暗中慢慢滋生

亿万人在它的孤独中沉睡

这棵豪情万丈永不凋落的常青树

在宇宙的寂寞中恍惚地站立着

在繁星的光亮下疗愈着白天的伤痕

谁也猜不透他在想什么

他更像一个灯枯油尽的老者

牵着他那些失踪多年的老马

背着一顶破烂不堪的毡包

领着一群孤寂落魄的孩子们

消失在宇宙间没有尽头的迁徙之途

美丽的神话

我骑着梦的马

闯进你的都市

在茫茫人海中

去寻找那一双大眼睛

我手中飘荡的白色哈达

在城池中变成轻轻的薄云

盘绕在你的窗槛上

酷似你昨夜的微微忧伤

华丽殿堂中闪闪发光的

我的拉姆

我心中的女神

在京城无人知晓的昏暗角落

夜半绽放的雪莲花

我满载你的花香北归

在你的花瓣中

享尽人间的幸福

民间故事

在夜晚这片土壤上

白发老人如同一棵参天大树

树枝上挂满了莽古斯的故事

城里人未能喝干的酒瓶们

被埋在荒野里

在风中嗡嗡歌唱

残云般漂浮的大地之上

夜晚忙碌地接生着史诗

来吧饥渴的人们

请饮下这杯孤独的酒吧

甩掉你身后死死追赶的黄昏

坐进这夜的殿堂吧

黑夜的翅膀

那花鹿般的星星们

从我窗前彩虹般掠过

四季的风毫无意义地刮着

它会把孤独的泪和苦苦的笑

带到宇宙的哪个角落

浪漫的思绪

把这夜晚的大地一遍又一遍地冲洗着

魔鬼和英雄好汉彻夜打斗

到天明也分不出胜负

当二十只麻雀叽叽喳喳啼叫的时候

生活又回到原有的平静

故事随着黑夜的潮落

回到无限的空寂中

你的眼

你的脸温柔得就像一片薄雾

我的热吻在薄雾中迷路

古老的江南白月亮

不知疲倦地嬉戏在时间的浅滩里

明亮的眼睛犹如黎明的启明星

夜雨般温柔的言语

让我融化在你的河水里

一滴水里容纳一个江南

一个眼神里包含一个世界

把你放在我的手掌上

把时光收录在酒囊里

可爱的女孩啊

请把你的云朵寄给我

北方大地干旱得

连梦里都是干涸的

多么渴望

在你玫瑰色的细雨中沐浴
在梦幻般的满足中沉睡

羊和狼

草原做了个噩梦

季节都倒错了

冬天树干吐出新芽

该冬眠的不冬眠

蚊子到处乱飞

夏天下起雪花

甲壳虫从草原上消失

秋天的大雁往北飞

歌儿在喉咙中闷死

诗歌在城郊上了吊

狼变成了羊

哈巴狗都会吓唬它

羊变成了狼

学会撕咬主人

泉眼往地心里倒流

人们寻找不到水源

花儿怀不上果实

田野不再开阔

一道道伤痕般的田埂

挡住了远视的目光

马铃薯像村妇一样

在土里怀着大娃娃

人们忙着接生土地的孩子

不再仰望天空

忘掉了孤独

忘掉了四季迁徙

忘掉了回家的路

几只燕子

变成了故人的泪珠

弹向北方的天

无　题

美女是一口深不见底的井

可装很多情书、爱情和谎言、金钱

男人们走着走着

都愿意到井台上休息

然后向井底投去

好奇而渴望的眼光

井底喷涌着

千年永不黯淡的爱情童话

朝着井台飞溅出的几滴泉水

足够淋湿一个男人的内心

老家土房的屋檐下

奶奶爱晒太阳

如今奶奶不在了

可太阳的火把还在那里燃烧着

老土房成为废墟了

土堆里家史在发酵膨胀

等待着春雷的叫唤

泥土深处的奶奶
裹着白布
怀抱着七十年代初的阳光
温暖地睡着

一匹马在小河边喝水
水中呈现着马的倒影和蓝天
也被它喝干了

草原一片狼藉
等待着新的主人
像劫后的城堡一样

贺兰山那边有位姑娘在
手持一串戈壁玛瑙等我
玛瑙石发出的七彩光
每夜照亮我的梦境

雨　夜

久旱的大地上下起了雨

一匹瘦骨嶙峋的老马

在雨中疯狂地奔跑

大地聆听着牛羊欢呼的叫声

以及小草地下那些小昆虫的歌唱

北方的小镇

我的自由之港

在阵雨的安慰中熟睡着

我变成一只蝴蝶

穿梭在他的梦境中

去叫醒每一个求雨的精灵们

雪　夜

窗外雪花飞扬着

像一万只蝴蝶飞落在大地之上

木柴在火炉里燃烧，屋里非常温暖

火光照亮你的脸蛋

你睡在一个木炕上

你的睡姿很美像在做梦

外面的风似你的轻叹

我听到了你的心跳

那些可爱的小白兔在雪地上

蹦蹦跳跳的声音

纤细而轻盈，可爱

你的梦呓吹落了

我那瑟瑟发抖的黄叶

我在你的宫殿里瑟瑟发抖

落到你的耳旁低语着

然后我沿着你潺潺流淌的河流

走向你宫殿的深处

踩踏着岁月堆积的薄薄的雪

寻觅着你唇叶的血红印记

悄无声息地走进你的林子

远处瞭见那顶

属于我的灰色毡包

在雪夜的微光中梦幻般摇曳着

毡包的门突然被掀开了

我看见你在门口默默地迎接着我

然后我们手牵手走进了毡包

延续着我们

原始而温暖的烟火

做着苍老的一粥一饭

养育着我们的后代

月　球

月球是我们的家

我们离开老家

几亿年

每当月圆的时候

目光凝视着月

我们试图想回家

我们祖先的房子在环山下被埋

那时的花和水在岩石中冬眠

我们在想总有那么一天

敲开老家的门

到那时候

花草会复活

河流会复活

伊甸园就在那里

那里无忧无愁

那里没有仇恨和嫉妒

那里没有贫穷与饥饿

那里没有白天和黑夜
那里是永恒的时光
今夜我要乘梦的舟
飞往月球
在月球上休假百年
百年后乘着诺亚舟
再回来接你

别样的时间

迁徙的羊群

被长城和沙漠挡住

就在河套平原或

历史的黄昏盲目转悠

黑头绵羊繁殖得越来越多了

射穿山峰的那位神秘弓箭手

睡在发霉的旧书扉页里

定格在十三世纪和秘史里的一群人

倒在时间的黄昏里一蹶不振

虚幻的荣耀里筑巢的世界公民

被埋在时间风暴的废墟里

墙壁上打盹的古画暗眼里

马蹄声嘚嘚地闪过

锈迹斑斑的猎枪铜管里

窒息的风在鸣呼着

似乎听到一位

白发苍苍的老猎人

来自千年之遥的叹息

清明的火

清明节回遥远的老家

老家在沙漠地带

沙漠中有密密麻麻的沙蒿芦苇

到祖先的墓前

点起一堆干柴

敬献从家里带来的美味佳肴

火焰烧得正旺时

不知从哪个方向

来了一阵旋风

火焰瞬间跳跃

转到另一堆沙蒿上着了火

接着跳跃到第三把第四把

火焰迅速扩大

一发不可收拾

整个一个沙湾熊熊燃起

在春风的吹动下呼呼作响

烟雾聚拢成黑色的云团

直直地向天空升腾升腾

清明的火，祖先愤怒的火

是地底下游走的火

它烧掉了大地的偏执与愚昧

烧开了春天的盛宴

清明的火，为大地

画上美丽无比的生命的素描

毁灭是最好的记忆

一场绿色山洪

正向着我们袭来

表　白

我站在

敕勒大地的尽头

等候一位公主的驾临

沿着一条河裸奔

万古前栖息此地的

恐龙和巨鸟与我同行

你的回眸

唤回了万年前的记忆

触手可及的油灯

离我很近

那是你伤心的泪珠吗

我看见你的手指

在风中燃烧

然后在无限的空旷中消失

我等不及春月

躺在游牧人的衣襟般

奶渍斑斑的田野上

对你表白我深深的爱

然后与你对饮一杯

冬夜之酒

土　地

老牛拉着犁

翻阅着这厚厚的一本书

翻开黑色的封面进入扉页

金色籽种在那里闪闪发光

再往内文里翻去

一个个人间饥荒的事情

写满了大半页

还有曾在这片地上奔跑过的

马蹄声螺号声呐喊声

大批迁徙者的脚步声吆喝声

老牛是一个资深的阅读者

它也是一个贤明的智者

它能够看清土地的真面目和

主人们愈发膨胀的野心

它也能听懂来自地底下的

那些伙伴们的窃窃私语

在黑暗中歌唱黄昏中跳舞

翻着翻着他累倒了

就把自己也装进书里

等待着下一个阅读者

牧人与马

披着早晨温暖的阳光
你从卧室中走出来
一团晶莹剔透的碳水化合物
带着生命原色的一棵酸性树
向拴马桩方向漂移
新鲜的牛奶现杀的羊肉
五谷和田野的花
还有马奶制成的烈酒
坐在这棵树上
唱起绿色的生命之歌
你牵着一匹黑色的马
父亲给你留下的最后遗产
延续草原记忆的唯一符号
在时光的草丛中慢慢游走
几朵白云在空中升起又消失
给人一种时光变迁的错觉
记忆深处阵阵传来

历史的疼痛和呻吟
瘦骨嶙峋的那匹老马
还在往前奔跑
马背上打盹儿的你
像一株快枯竭的灯
为老马照亮黄昏的路
今晚听不见狼嚎和狗叫
只有一些觅食的乌鸦们
拨动了夜的琴弦

蒙古包变奏曲

在远离城市的蒙古包里

聚满了来自城里的人

一位姑娘在唱着草原长调歌曲

歌声凄凉而悠扬，令人感叹

歌声打破蒙古包寂静

歌声划开草原的夜空

那姑娘长得卑微而瘦弱

但她还在尽情地歌唱

她那忧郁而孤独的歌声

为这群逃离城市的人给予

些许的安慰和充足的氧分

当酒盅和银碗飞舞的时候

人们疯狂地对饮　相互拥抱

那姑娘的歌声渐渐黯淡

狂笑声尖叫声吵闹声

隐没了她的歌声

男人和女人跳起了舞

人和野兽跳起了舞

征服与奴役跳起了舞

爱情和仇恨跳起了舞

时光与空间跳起了舞

世纪与世纪跳起了舞

摇滚和 DJ 在空中疯狂地蔓延

兴奋的人们扭动着身体挤破嗓子

激情的手臂在空中挥舞

好似落水人在拼命挣扎

被酒打湿了的诗意

在角落里打瞌睡

歌声躲藏在草丛中

那海子里的青蛙们

也不敢张嘴歌唱

蒙古包经受巨大的冲击波

摇摇晃晃　如坠烟海

地上一片狼藉

古老与当下在相撞

传统与现代文明在对决

最终摇滚与喧嚣胜过了传统

草原被大火洗劫一空

蒙古包在月光下奄奄一息

一只睡梦中展开羽翼的鸿雁

一朵含着露珠的白莲花

一辆装满英雄史诗的旧战车

一帆漂泊在汪洋中的孤独小船

一株在羊圈里长出的珍珠蘑菇

就这样悄无声息地躺着

守护着迁徙的梦

一直这样躺着……

消失的梦境

我驾着秋天的风
游走在倒伏的玉米地里
镰刀在太阳下飞舞着
啃噬着季节的磨刀石

十月啊你是一场黑色的梦
怀着狐狸一般的鬼胎
南飞的雁用歌声
抚慰着暗沉的土地
为它佩戴上一串串项链　　正如
为它泣下的点点泪珠

羊倌的骒马
产下一匹雪白的马驹
那白驹撕扯着一声声乳鸣
跑进一片乌黑的沼泽滩
渐渐缩变成一个点

定格在时间的瞳孔里

孤独杵在墒沟里
等待黑夜的降临
沙漠深处的丛林中
传来猫头鹰的咯咯笑声
猫头鹰扑动着妖孽的翅膀
划破了我薄雾般的窗户纸
梦境消逝了
我躺在时间的废墟上
等待着另一场梦

老坟 老巢

一个老者

很早就把自己的坟墓修好

等着归去的日子

每当清明来临时

他好奇地去趟公墓

看着别人被埋进土里

他也到自己的墓室里坐坐

抽几根烟

喝上一瓶酒

然后回家继续过日子

时光过得真快

但老者还未归去

儿女们相继离他而去

老者只身一人守着老巢

冬去春来

花开花落

邻居们早已忘记了他

街上的人们都不认识他
一群被遗弃的流浪猫
跟他做伴一起晒太阳
跟他睡眠共度白天黑夜
他的老巢变成了坟墓
只有几本发黄的旧书
被翻的沙沙之声
证明他还活着

思　念

你的脚步声轻如时针的移动
它夜夜越过我的梦的栅栏
你的微笑
在戈壁早春黎明的鸟语中绽放
在我干渴的心坎上水一般撒欢
我，向着你的戈壁迁徙着
从冬天走到春天
路边掀开黄土发芽的艾草叶
是你微笑的笑脸般鲜亮
我用整个冬眠储存的全部光和热
去拥抱你，我的公主
你沐浴在这漫山遍野的绿意里
歌唱着生命的高尚和永久
你那深邃的凝望中
我的内核在慢慢化为空气
弥漫在你戈壁的山间
你变成一朵神圣的雪莲花

摇曳在我心灵的云雾之中

你代表了整个戈壁的春天

众生在你的灵光中忘却了沙尘暴

安详地接受大地的吻

我是一个名副其实的流浪者

把我的沙漠抛在脑后

在千万条小河之中摸着时间的根须

桂花鱼一样穿梭着

寻找一条通往大海的路径

曾经孕育生命的五亿年前的大海

哦，亲爱的，我突然看见了那大海

被地壳像婴儿一样托起的大海

在一望无际的晨光里

你站立在大海的浪花之上

犹如一道耀眼的朝阳

屎壳郎

在夏日的草原上

屎壳郎最忙碌

它在羊群的粪便里劳动

修筑自己过冬的巢

粪球里它们养育了自己的儿女

然后推着粪球到处转悠

找一处柔软的土堆

把粪球埋入土中

把它们的孩子埋入草原

也把整个夏天埋入土中

幼虫在粪球中吸取营养

安然无恙地进行冬眠

可它的父母没有这样的好运

它们把粪球栽入土里后

宁愿守护着粪球过冬

拥抱着粪球用身体作掩护

自己却暴露在冰凉的冻土中

当冬季的寒冷袭来的时候

它们默默冻死在粪球外边

粪球里的幼虫一边吃屎一边长大

享受着自然界宫廷般的生活

当春暖花开的时候

土地慢慢变暖

一夜春风掀开了幼虫的窝

幼虫也长出翅膀和外壳

破茧成蝶飞向天空

屎壳郎是草原的清洁工

整个夏天属于它们

游荡在草原　　以风为家

当秋风瑟瑟的时候

屎壳郎与我们告别

当初雪覆盖大地的时候

它们静静地躺在自己的宫殿里

倾听那一群羊走过荒草地的

噼噼之声

深夜写诗

黄昏来临的时候

我钻进小书屋里翻书

翻着翻着突然萌生

写首诗的念头

于是打开黑暗角落里的旧电脑

开始敲击尘封的老键盘

键盘的表面冰凉凉的

如冬天的小河冰面

我的指头们小心翼翼地

去碰那些黑色的字母键时

我听到冲锋枪发出的嗒嗒声

微弱的暮光中我看见

一排排挎着枪的黑衣士兵们

迈着整齐的步伐

向我走来　逼近我的屋子

那刺刀的寒光

照在我苍白的脸上

那些受到惊吓的指头

像冬日早晨门外瑟瑟发抖的宠物

无限地退缩　退缩

钻进墨黑的墙角

禄马旗

在鄂尔多斯牧民人家的门前

都栽有一个禄马旗

一对神奇的苏勒德

下面飘着五个画着神马的旗帜

五面旗帜各代表着

蓝天、红日、白云、绿草、黄土地

每一面旗帜上画着一匹奔跑的神马

上下左右守护者为四大力量之神

分别是虎、狮、龙、凤

各显神威　蠢蠢欲动

再仔细一看

神马的腰背上安放着一副塑像

这塑像里住着哪位神族？

这匹神马又往哪里去？

神马四蹄急速奔跑

但总也不能驾云腾空

神族在它背上骑了整整五个世纪

这匹神马仍然负重前行

但它已经迷失了方向

也忘记了回家的路

它被四大力量神、十二生肖、二十八星宿、八卦等

重重围困　寸步难行

在沙漠的野风中飘荡

在香柏烟雾中呼吸

围着古老的蒙古包

陀螺一样转呀转

发出一声绝望的长长的嘶鸣……

醉汉的归宿

在酒瓶与拳头

饥饿与困惑交加的夜晚

一个无家可归的流浪醉汉

在大街上盘腿而坐

手把酒瓶嘴里哼着

忧伤的歌　然后自言自语

他啃着很多年前老死的

骆驼的棒骨

吟诵着谁也听不懂的

古老的诗句

光与影的交辉之中

扮演一回传说中的仙人

星星们忙碌地缝合着

时间的新衣裳

树梢上打盹的鸟儿们

编织着明天饱食一顿的梦

天色渐晚袭来野草香味

寺庙的青钟发出一声长叹

一个醉汉在夜影中用酒歌

敲击着千家的门

无论外面下雪还是刮风

无论黑夜或白天

醉汉总是在敲门

寻找最后的归宿

就这样敲下去

直到一个世纪过去

草原行

我驾驭着田野的风
与时间赛跑
长城瞬间消失在地平线
只有茫茫大地在
苍穹下延伸　延伸
嗓音变得清脆洪亮
吉祥的歌谣随风飘来
日子像百年般长久
草原的记忆被风吹得
奄奄一息

只有那草原的主人
把家拖在马背上
沿着黄河的曲线
缓缓迁徙
走向远方　走进历史

归绥城

古老的归绥城

你不眠的钟声

几时敲响?

我在守护你

废墟上一朵白莲花的绽放

迷人的，梦境中薄纱般

可爱的白莲花

北方神话中的凤

奔跑在敕勒川的麟子

我为你而跋涉千里

为你而披荆斩棘

越过万重山

在万籁俱寂的黎明时分

飞到你身边

用烛光的手

轻轻抚摸你

为你编制新一天的童话

我多想
趁着此时此刻深夜的寂静
将我们的前世今生看个够
但无常
借着生生世世游戏着你我
让我们对解脱永远看不清

我虚拟的身影
穿梭在你的世界
就如火走在柴中
我的思念
密布在你的城池
黄昏中听到你一声轻叹
我将马拴到城门外
等候你的黎明和
薄雾中发光的
你的回眸
我用拿下一城的豪情
等着我的新娘

酒　鬼

我们是荒漠中的酒鬼

荒凉注定我们成为酒鬼

除了荒凉还是荒凉

在荒凉中诞生

在荒凉中永生

父亲叫作大沙头

儿子叫小沙头

我们从远古的高原走来

我们从时间的隧道里刮来

风是我们的兄弟

它携着我飞跃蒙古高原

我背着长城的残垣出走

我背着黄河的旋涡出走

谁还在荒滩里叙述着英雄史诗

谁还在毡包里唱着江格尔故事

烈性的白酒使我们停止了迁徙

沙尘暴中马兰花在尽情绽放

像一堆蓝色的火焰

那一曲送女子歌谣魔幻般响起

让多少个少女沿着红尘走向苦海

越过三座大沙漠就是十三世纪

越过沼泽地就是我们昔日的家乡

明天的孤独今晚提前到来

后天的胜利今晚凯旋

暴风雪地震海啸在毡包外聚拢

很多年前失踪的骏马在拴马桩上嘶鸣

迁徙的路上累死在天空的

一只大雁突然啼叫起来

芨芨滩里的兔子和狐狸们

水塘里欢乐嬉戏的蛤蟆们

奶奶的故事里战无不胜的英雄们

爷爷的酒壶里永不枯竭的烈酒

放着七只黄山羊的神话老汉们

鼻烟壶袋上绣着仙鹤祥云的巧手女人们

梦着冬捕的弓箭在帐篷外打盹儿

等待婚宴的酒樽在盘中嘀咕着跳跃着

今晚是戈壁生灵们的大聚会

点起一把篝火走向黑暗的大地

是谁在夜色的荒漠中放声歌唱

是谁在寂静的沙丘中舞动着北斗

红尘在歌声中升腾又消沉

时间在酒樽里消失又生成

我的遗嘱

把游动的毡包还给远古的童话
把受伤的草原还给野心的深渊
把老鹰还给虚荣的时空
把我还给宇宙的尘埃

把我还给阿勒泰山脉
向着北斗星的方向
去寻觅祖先迁徙的足迹
骑着矮马挎着弯刀
走进历史的烟雾里
穿越千年走到阿勒泰
在厚厚的积雪里冬眠
做一个百年之梦
把原始还给阿勒泰山脉

把我还给东方的江湖
让鱼虾们吃掉我

与鱼子们结伴同行

游到梦寐以求的天河

把我还给黄金史

钻进被尘埃埋葬的扉页里

像蝴蝶一样翩翩起舞

驾驭几匹脱缰的野马

在这胜者为王的广袤大地

战马嘶鸣的旋涡中

识别那些无法回家的灵魂们

隔着千年的门缝与他们对话

在众多的部落的帐篷中

像马可波罗一样自由穿行

把我还给黄金史书

把我还给浩瀚的大漠

用心灵深处悲鸣的驼铃声

为那些迁徙的人们指方向

从中世纪走向上古世纪

走进旧石器时代的远古森林

安抚我孤独而悲悯的心灵

把我还给浩瀚的大漠

把长城还给黄土

在荒草滩中倾听古朝的对话

还有叩响老城墙的马蹄声

俯视三千年的风雨朝代

品读国与国打仗的人间游戏

就这样静静地躺下去

把长城还给我

不要把风挡在关外

不要让美女枯竭在窑洞里

把长城还给黄土

把歌谣还给苍天

把那牧人腹中滚落千年的歌谣

山谷荒野遍地开花的英雄史诗

连同圆溜神骏的遗骸和马头琴

统统还给苍天

让歌谣中的美丽景色以及

英雄史诗里的绅士和流浪汉们

都复活在天空上

让亿万匹骏马在天空中竞跑

把歌谣还给苍天

把爱情还给女人们

用天使的灿烂笑容医治伤透的心

然后从蓝色的爱情神话中走出来

向我爱的和爱我的女人们挥手

用时间的斧把天空劈成两半

在自己的半边天

杜撰我的秘史

骑乘梦的白马

在日月星辰间自由飞翔

将天空的另一半留给她们

把爱情还给女人们

把古河套人还给大地

五万年前的人类谁曾见过

五万年前的歌谣谁曾听过

泥土的沉默河湖的呼喊花的倾诉

我们离历史太久远

无定河岸边的荒草在风中摇曳

二十世纪初的一个温和的下午

一位穿着黑色长袍的传教士德尔金

捡到了几片头颅的化石

历史又一次开了个玩笑

永远吃不饱的黄土张开血腥的大口

吃掉侏罗纪时代的恐龙和后来的河套人

这片荒草滩中究竟蕴藏着多少秘密

黄土什么时候再次张口

我们都不知道

只有沉睡的大地知道

把古河套人还给大地

把文字还给十三世纪

十岁的八思巴离开故土

跋山涉水来到了世界东方

在那杀戮与智慧并存的中原

开启凉州会谈历史一页

忽必烈大汗拜他为帝师

在开满金莲花的上都宫殿里

他制造了新文字

文字的光芒照耀了帝国的江山

时空的天平倾向了忽必烈

文字照亮了黑暗的东方

国书飞过了雄伟的喜马拉雅

把文字还给十三世纪

午夜时分

突然从　梦中醒来

打开窗户

向外边望去

一轮硕大的月亮

在西天忘了滚动

懒洋洋地待着

像一堆燃烧殆尽的火堆

街上死一般的寂静

十字路口的几盏灯

快要撑不住的样子

无精打采

街对面那栋楼的

舞曲和喧嚣早已结束

远处传来嗡嗡的电波声

是机器声音吗

或是野兽发出的怒吼声吗

路边的树黑压压的一片

像个俯视月亮的猫

也许那轮月亮照在他身上

无济于事

风蜷缩在建筑间的胡同里歇脚

冬夜这般寂静

也许有他的规律

但心中的恐怖如海绵般膨胀

危机四伏的悲情

油然而生

睡意不知去往哪里

大脑一片空白

远处的声音又在大脑里嗡嗡作响

人在房间内

困兽般踱步

脸色灰白像副面具

几根头发竖起指向天空

两只手在黑暗中拍打几下

拖不动沉重的躯体

这是什么地方

白云悠悠像个飘展的哈达
歌声委婉好似流淌的小河
马群在田野中自由地迁徙
萧瑟的秋风在树林中漫步

马兰花拥抱着蔚蓝的穹庐
蒙古包守护着远古的火种
白天鹅眷恋着寂静的湖水
感人的民谣在马背上传唱

啊，这是什么地方
啊，这是在哪里？
仿佛在天边
仿佛在云间
这片神奇的土地

迎宾曲消除了旅途的劳顿

陌生人相遇在激情的草原
包容陪伴你走进大漠深处
催眠的夜曲在梦境中萦绕

神话在梦境与星空中飞翔
月亮在草地上慢悠悠爬行
歌声掩不住它孤独与忧伤
陈年的烈酒带来几分狂欢

啊，这是什么地方
啊，这是在哪里
仿佛在天边
仿佛在云间
这片神奇的土地

酥油茶的香味蕴藏着故事
自由的灵感在琴弦里舞动
鼻烟壶的交换传递着友情
游牧人的习俗感化了世界

毡包里总有讲不完的故事
篝火下还有跳不腻的舞蹈

今夜星空无眠草原也无眠
宇宙沉浸在一片欢乐之中

啊，这是什么地方
啊，这是在哪里
仿佛在天边
仿佛在云间
这片神奇的土地

给 你

你是一朵花

每夜开放在我的心田上

我用梦的手触摸你

含着露珠的你在月光下

含情脉脉

我们相逢在这片草原

在满天的繁星下默默对视

你有你的星星

我有我的星星

但此时两颗星相隔十万里

只用那一闪一闪的光影

在苍穹中相依相拥

爱情的神鸟在

星与星的空隙中

飞越时空异样啼叫

把我的心跳传递到

你冰冷的星球上

月光下我的牧野在安睡

马的嘶鸣和牧羊犬的吠声是

牧野的催眠曲

久旱的牧野在梦见

一场瓢泼大雨突然来临

为了呵护你的花朵

我乘着时光的风

扑向你的星球

拥抱微弱而丰腴的花瓣

感受你起伏的山峦和醉人的芳香

在这童话般的银夜

让你做成我的新娘

牵着你的手慢慢变老

给嫦娥写封情书

好多年一直想
给嫦娥写封情书
以十年十旱的草原的名义
以狡黠而凄凉的光影的名义
以昨日喝完还在胃里难受的
烈性烧酒的名义
以不落的太阳之子的名义
以永不衰败的民歌长调的名义
给嫦娥写封情书
就让穿着布衣的后羿
永远睡在那昆仑山脚下吧

我把千万匹草原神骏
还有匈奴王赐予的金冠
送给你，嫦娥
我把上都草原上采摘的金莲花
还有阿妈制作的最好的奶酪

阿爸晾干的最香的牛羊肉

统统送给你，嫦娥

我要用游牧人的激情当作笔

在广袤无垠的大地上

在每一片青草的叶上

在浩瀚无垠的天空上

在草原夜晚的梦境中

写满竖写的文字"我爱你嫦娥"

不管嫦娥看懂看不懂

我只能用我的母语写信

如果你实在看不懂它

就让北斗星给你翻译吧

北斗原先是我们嘎查^①的七个老汉

他们把草场卖了

他们移居到天上去住了

十五写好信准备寄去

那天的夜晚太过寒冷

那天的人间太过拥挤

于是十六早上

我请托老鹰带着我的信件

---

① 嘎查，内蒙古牧区的行政村。

飞向遥远的月宫去见你嫦娥

但愿老鹰一路顺风

收到信件请回信嫦娥！

等待你驾着老鹰

回到我的蓝色草原！

寄信地址永远是玛拉迪[①]

收信人孤独的北方君主！

---

① 玛拉迪，作者出生的地方。

肩胛骨

你喜欢吃肩胛骨上的肉
（因为肩胛骨上贴附的肉最嫩最香）
但一只羊只有两个肩胛骨
我没有那么多的羊
每天给你喂肩胛骨上的肉
可你不管那么多
你只喜欢肩胛骨上的肉
你还吓唬我
没有肩胛骨就要绝食
我跑遍了荒野
跑遍了深山老林
狩猎坡上的羊
宰杀山顶上的羊
我想出一万种逮羊的办法
我学田野的风光着脚
追赶羊群
在草地上奔跑

我披着羊皮装成羊

悄悄靠近正在食草的羊群

但羊群慢慢警觉起来

风一样四处逃散

也学会了一万种逃命的办法

越追越远

一只也逮不住

我在草地绝望地躺下

仰着头面朝天空

忽然看见那些羊

在天上飞舞　云中穿梭

羊学会了飞翔

它们迁徙到天上吃草

我可爱的羊

我一刻也不能缺少的羊

扔下我们

迁徙到天上草原

你天天来信要吃肩胛骨

可我两手空空

行囊也空空

后来我想了个办法

坐在无羊的石头上

铺开白纸给你画肩胛骨

然后寄给你

有一天你回寄一封信

说我给你画的肩胛骨

已变成了一群羊

你在梦里

学会了放羊

等我回去给你盖羊圈

我在回信中给你画了个大大的圆圈

然后把自己也画进去

我是你的羊

任你驯化

任你宰杀

把肩胛骨贡献给你

狐狸之死

猎人在沙地里放羊
猎人在寻找猎物的踪迹
沙漠无语
树木无语
野草无语
树上的喜鹊无语
草丛中的麻雀无语

乡间的风在吹
扬起一阵沙尘
太阳在风沙中忽隐忽现
羊群在沙湾中吃草
狐狸的腥味从上风头飘来
羊群风一样蜷缩
卷成一团棉花球儿……
风失去了方向
风在旋转

羊群跟着风头转

猜测着狐狸的方位

狐狸在那里

一动不动

像影子一样伏地

只有两只耳朵在

蝴蝶般一闪一闪

这时候

挂在蒙古包一侧的

那支猎枪在打盹儿

一杆不起眼的老枪

一杆装着火药和铁籽儿的

老火枪

它年代久远

它讲述着几代人的故事

讲述着草原的往事

枪口里散发着浓浓的铁锈味

枪口里散发着涩涩的血腥味

似乎能听见

无数的野兽在那枪口中歌唱

兔子野山鸡狐狸獾子

还有那夜里叫的乌鸦、猫头鹰
它们在枪口尽情地歌唱
酷似变了调式的交响曲
有悲壮的生命咏叹调
也有长长的嘶鸣
阵阵发出的狂笑声

沙丘中忽现一道亮光
那只狐狸开始奔跑
长长的尾巴带着七彩的光亮
狐狸隐藏在那道彩虹里
连空中盘旋的猎鹰
也被这道彩虹所迷惑

狐狸像子弹一样移动
羊群像棉球一样打转
猎鹰像风筝一样盲游
乌鸦们在等待着聚餐的时机
狐狸有时奋不顾身
忘掉了天生的狡猾
为了在窝里叽叽叫的孩子们
为了填饱肚子充满乳房

犯一些致命的错误

它鲁莽地扑向羊群

它的眼里只有猎物

那只肥嫩的小羊羔

它加快了冲击速度

它扑向了小羊羔

就在这一瞬间枪响了

狐狸从睡梦般的远处

听到了枪声

听到了那远古的铁器的呻吟

还有那牧人铮铮的呵斥声

它使出毕生练就的计谋

它甩着尾巴在地上打滚

但这次它失利了

枪口没有被它的尾巴所迷惑

枪子打中了它的后腿

狐狸放弃了猎物

拖着受伤的后腿

踉跄着向沙地深处奔跑

那里有它嗷嗷待哺的孩子们

在不远处它突然急停

它转身直面追来的猎人

它静静地注视着猎人

它此刻丝毫不惧怕

这个手握铁器的猎人

狐狸看着猎人走近

几乎近在咫尺时

它伸展一双秀丽的前腿

向猎人的方向俯卧

眨着那沮丧的双眼

头枕着那双前腿

一晃一晃

向猎人磕头

天色渐渐变暗

风停了草原一片寂静

只有那狐狸在磕头

温顺地毫无敌意地

久久地磕头

然后起身向沙漠的另一边走去

踉跄着蹒跚着

几乎用前腿和胸脯的全部力量

拖着石头般沉重的身体

向沙地那边移动

像一团影子一样移动

血迹像秋天的风景画

猎人知道狐狸在算计

它想引开猎人

离它的孩子们远一些

再远一些

或许这时候小崽子们

等不及妈妈的到来

饥肠辘辘地爬出洞穴

风中玩耍嬉戏

狐狸在吃紧地挪动身体

狐狸回头看看猎人

猎人站在那里一动不动

像钉死的木偶

嘴里嘟哝着什么咒语

天色变暗

血红的暮色吞噬了整个沙漠

乌鸦们开始歌唱

这些苍天派来的入殓师们

举行晚宴之前的礼仪

乌鸦们在歌唱

"砰"的一声枪又响了

为这美丽的草原精灵

送终的钟声终于敲响了

狐狸躺在一片血泊中

一切快要结束

它在弥留之际

突然奇迹般睁开了眼

抬起笨重的头来

向洞穴的方向

最后一次眺望

然后枕着熟悉的沙地

传说般睡去

它的乳房中淌出

白白的汁液

渗入黄色的沙土

沙土变成深褐色

大漠一片寂静

草原死一般寂静

风在瑟瑟发抖

天空低沉得让人窒息

远处毡包的灯火

一闪一闪

那血色黄昏中

乌鸦们在翩翩起舞

草原的噩梦

光着脚的孩子们

在草丛中飞快地奔跑

蟋蟀的清脆叫声

牵着他们的灵魂

但孩子们总是找不到蟋蟀

孩子们停下脚步聆听

四周全是蟋蟀叫声

孩子们总是找不到蟋蟀

那对灌木在纳凉歌唱

太阳晒得好毒好毒

晒得孩子们呼吸有点困难

只有那烦人的蟋蟀在

不停地叫

叽叽喳喳　　叽叽喳喳

蚊子躲进密密的草丛里

隐蔽隐蔽

等待那暮色的到来

它们正策划着一场围猎

它们渴望

用人和畜生的血

饱餐一顿

它们有吸不完的血

它们有永不枯竭的

食物链条

夏天的夜晚终于到来

蚊子们在热烈狂欢

蚊子们在尽情歌唱

冲锋号终于吹响了

人们在睡梦中隐约听到

蚊子大军兵临城下

唱着歌儿来叮咬

它们在黑暗中狂笑

主人梦见他的土地上

黑压压的蚊群在开荒

在敖包山头播种了土豆

羊群被它们赶走

有的蚊子直接在他的舌头上

划开深深的犁痕

但人毫无能力抵抗

人们对蚊子无可奈何

任它们宰杀吸血

黑色血液在

浸润着这片

被占领的土地

羊粪蛋蛋

乌黑透亮的珍珠

滚落在野性的草原

随风飘落随意迁徙

黑色的精灵在跳跃

一部分被扫进炉子里

变成黑色的火焰

在烈火中尽情歌唱

一部分被埋入土壤里

休眠整个冬天

次年春天变成

圆圆的胖胖的蒲公英

顶出坚硬的土壤

悄悄地开放

伤　口

你望穿了我胸脯上的
伤口像个红色的泉眼
里边跳跃着几条小鲫鱼

半辈子的折腾
熄灭的欲望
远古的史诗
这些都是被遗弃的旧物件

血红色的黄昏
吞噬了牧村的牛哞和羊叫
孩童们银铃般的笑声
凝固在灰色的天空里

门槛木板的每一道细缝里
流淌着古老的黑血
形成一道小溪

向历史的源头回流

历史啊
一棵光秃秃的枯树
等待小溪的浇灌
等待奇迹的重现

伊金霍洛 ^①1987

我永远不能忘怀

1987 年伊金霍洛的夏天

一所破旧不堪的学校

一群蓬头垢面的孩子

一个满脸大胡子的校长

整天开着一辆手扶拖拉机

在校园和菜地之间奔驰

他人长得很凶

谩骂声响彻校园

他像一个总统

学校有几个年迈的老教师

但也有一位年轻的女教师

在破旧的校园里

她是唯一一道亮丽的风景

---

① 伊金霍洛,鄂尔多斯市的一个旗,成吉思汗陵所在地。

她像一只百灵鸟

不时发出银铃般的笑声

她穿着一件墨绿色的上衣

酷似一支绿色的火把在移动

有一天我和她约会了

那是一个温和的夏日晚上

我们走在伊金霍洛南面的山上

山坡上长满了翠绿的树林

山脚下有一弯小河在流淌

夕阳的余晖照亮在

她墨绿色的衣裳上

我瞭见成陵的三座宫殿

在我们的北方安然矗立

两匹圆溜白马

在草皮滩上悠闲地吃草

远处有一个骑马的牧民

赶着羊群牧归

山坡上空无一人

我们躺在小河边

天空上升起一轮黄月亮

为我们掌灯

就这样躺下去

我们静静地聆听着

大汗跟皇妃们的窃窃私语和

白马的长长嘶鸣声

幸福安然地入睡

那一晚

我和大汗一起同眠

学着大汗的模样

怀抱着心爱的姑娘

在苍穹这座宫殿里

在长明灯的照耀下

做了一回王者

激情燃烧的王者

以英雄和仙女的童话

去渲染夏日短暂的夜晚

伊金霍洛的 1987 年

我的天下无敌的美丽夜晚

在你扉页里读诗

你是一本厚厚的经书

我从你的扉页走进去

那里有几朵雪花飞落在

草原王国的字句之上

刚出生的孩子脸上

闪烁着死亡的影子

在地上飘落的枯叶上

我读到了春天的诗句

墓碑模糊的字迹中间

我读出来新生儿的啼叫

两个挚友在紧紧拥抱

但他们的背影里闪烁着

仇恨的刀光

昨夜碰杯叙旧的朋友

今天

语言是永恒的血

它能在古老的骨骼中流动

语言是千年的化石

在时间的荒野里闪闪发光

死亡是一棵树

他向大地深处无限地疯长

也是一种延续

生命的暂休眠

打算明年回来的大雁终究没有回来

它们飞落了恶魔的湖泊

肮脏的湖边沙滩上

站满了饿死的鬼魂

它根本不会回来

拉萨河里有几只鹿

当夜深人静的时候

拉萨河边来了几只鹿

它们借助月光

站立在河水中

它们俯视着水中的月亮

然后喝饱了清澈的水

抬头张望远处的雪山

那里是它们的家园吗

我想不是

拉萨河才是它们的家园

月光如轻音乐

鹿像洁白的公主

它们是真正的守夜人

它们额头上戴着月光的钻石

戴着黑夜的王冠

拉萨人早已睡去

睡得像死一般沉寂

梦中他们看见那些白唇鹿

跨越栅栏

走进藏经殿里

坐在塑像之上

变成了一尊尊

青面獠牙的石像

我们的九月

我永远不会忘记这一天
是这一天，你让我成为
一位戈壁女人的男人
从此成为戈壁的主人
我躺在炽热的腾格里沙漠的深处
去靠近你的一弯神秘湖水
像快要渴死的骆驼一样
大口畅饮着爱情之水
我尽情地游走在月亮湖的清水中
去捕捉你这个美人鱼
我端坐在黑城的中央宫殿里
虎皮座椅上你安然入睡
留着大胡子的将士们
手里端着金银盘子
把盛满美酒的酒樽敬献给我们
美酒令我们陶醉令我们进入梦境
我们披着梦的薄纱

睡在圣殿的床榻上

我把腾格里沙漠变成一个

耀眼的金黄色的围巾

披在你温柔的肩膀上

把奔腾的黄河水变成

晶莹剔透的水晶项链

佩戴在你的脖颈上

我捡拾无数的葡萄玛瑙石

装在一个发光的宝石盒子中

轻轻安放在你的枕头边

世界如此美丽夜晚如此安静

这座城市的夜空中回荡着

我们的窃窃私语和轻轻的叫唤声

繁星照耀着我们的宫殿

我们占领了这座城市

把生命的疆域版图拓展到永恒

卡车女司机

来自蒙古国的运煤车

如水流般穿梭在这片荒滩上

每辆大卡车的驾驶室里坐着

丰满而结实的女司机

内地司机有点怕她们

嘴里嘀咕着"最好离她们远一点"

黑色的物流黑色的道路

黑脸的司机黑色的卡车

那黑里深藏不露的是

姑娘的纯洁和温润

本应该是花园里嬉戏的青春靓女

本应该是院里歌唱的艺术家

本应该是校园里钻研的研究员

本应该是高楼中沉睡的贵妇人

为了生存或养家糊口

日夜奔跑在这长长的运煤线上

撒满一串串黑色的玫瑰

立 春

今天是立春

开门时

暖烘烘的阳光涌进来

我们从冬眠的老窝中爬出来

沐浴着时光的江河

合眼静坐

与大地之神对话

用地神魔力驱散瘟疫

用雷公之鞭劈开春天的薄冰

墙角的铁锨和犁从睡梦中醒来

安睡在枯草堆里的老耕牛

仍在做奔放碧绿的自由梦

沉默孤独的村庄上空

一群候鸟向着河流飞翔

饥肠辘辘的一群人哄抢萝卜

啃食去年的记忆

百草如时间的秒针奔向阳光

五谷之籽在米仓中骚动

鸡鸣狗吠失去它原有意义

树枝上的麻雀们召开季度动员会

人们开始向野外走去

去寻觅埋藏在土地里的迷宫

七彩虹

一场大雨后草原上

突然矗立起七色彩虹

我打马走进这圣殿之门

走进历史的迷宫

碰见仙人和智者

穿长袍的丘处机

手提酒瓶的流浪汉

读羊皮书的马可·波罗

在那里看见小时候玩耍的

小山坡和鹅卵石

还有扎着羊角辫的小伙伴

彩虹是先人的弓箭

我是离弦飞驰的箭头

就这样穿越历史的云雾

射向我远古爱人的靶

我的爱人撩开历史的荆棘

从秘史的扉页中

向我走来

她的微笑融化了浓雾

也融化了时光冰层

这时候天晴了

彩虹消失了

海市蜃楼不见了

但我的马儿没有停下脚步

沿着历史的界线飞奔

在神奇古老的大地上

敲出强劲的鼓点

天地间弹奏激情的交响乐

向着梦中的家园

永不停歇……

乡村诗人

在瑟瑟北风的口上

乡村诗人在吟诵

像一片榆树钱儿一样

走在大街小巷

自由飞翔自由歌唱

渴了喝一碗烈酒

饿了啃一块隔夜的骨头

累了在大地的角落里寂寞地躺下

困了在树林的怀抱里安详地睡去

山川峡谷沙漠荒野

都是他的忠实读者

小鸟狐狸猫头鹰老鼠和萤火虫

都是他最棒的粉丝团队

他像候鸟一样

歌唱在很多春夏秋冬

又像蝴蝶一样

死在古书的扉页里

乡间的野草和树木

记忆着他的诗歌

横躺在沙漠里的巨石

收藏着你的歌声

有一天诗人去远方了

丢下没有写完的诗行

还有没有唱完的歌谣

犹如乡间的秋风

悄悄地离开喧嚣的人间

穿着黑色袍子的母亲

在煤油灯下流着泪

他的泪水阻挡不了诗人的去路

他就像谜一样消失在夜空中

沙尘暴滚过的地方

今年的沙尘暴来得很早

没等我们将过年的烧酒喝干

没等我们往土地里埋下种子

没等母牛们生下牛犊

沙尘暴就滚滚而来

来自西伯利亚的黄色恶魔

抢走了戈壁滩刚刚发芽的几株青苗

黑乎乎的风越过阿勒泰山脉

从北方大地呼啸而过

像南征的千军万马

所向无敌

抬头望见

暴风云的顶端站着一名黑脸将军

他不属于任何国度

他只属于西伯利亚

沙尘暴走过的戈壁

风仍在呼啸着

苍茫的戈壁清贫如洗

孤独的阴云

遮住了灰暗的天空

大地上空无一人

几顶旧毡包看似牢房

贫穷孤独的河套人

睡在中间那顶毡包里

他像君王一样

盖着金钱豹皮被

他的梦境里

有一群虎狼

朝着戈壁迁徙过来

还有一朵血一样的花在

沙尘暴的手掌上怒放

戈壁深处的一口枯井里

喷涌出一股洪水

流经无人居住的村庄

向着西天滚滚而去

旅鼠和我们

北极的旅鼠

繁殖能力极强

但遇到歉年食物短缺时

它们会勇敢地挑衅天敌

灭掉自己　别无选择

这样还不够

它们召集亿万个旅鼠

进行死亡大迁徙

直向大海

把自己埋入惊涛骇浪之中……

人类啊

假如哪一天粮食没有了

麦地撂荒了

大海捞空了

水果不再开花

淡水和氧气都没有了

到那时

谁能与我一起

去挑衅外星巨人

唱着歌儿

飞向无垠的太空

离开地球的瞬间

还向亲爱的她

丢下一株最后的玫瑰

祭　祀

在家乡的土地上

燃起一堆野火

祭祀故人

我爷爷奶奶　父亲母亲

睡在这片泥沙底下

野草每年长得很旺

但被每年的火苗所烧尽

烧完带来的好吃的食物

开始跪伏在故人身边

开始阴阳两间的对话

双手紧紧贴在故土

去感受祖先从地下伸出的抚摸

雨

北方高原干旱少雨

雨是草原的救世主

整个夏天没有一滴雨

即使大片的乌云天天升起

可雨滴就不愿滚下来

每当天上布满了乌云

云头和云头碰撞在一起

雷声隆隆响起时

人们跪在草地上

乞求老天下点雨

可一阵旋风很快把云吹散

阳光照得更加强烈

小草低下了头

悲伤地哭起来

但它没有泪水

小草的泪水在天上

它深爱着雨滴

等了两个季节的雨滴

被风吹到遥远的南方

被太阳晒成褐色的干柴

快要燃烧起来

牛羊一大早就围着

一口老井

黑压压地卷成一团

这口井快要枯竭了

那死死抱住风尾巴的小草

还在死亡的边缘呜咽

奄奄一息

谁偷走了草原的雨滴

人们问苍天

苍天不语

问草地

草地也不语

只有那妖魔般的

太阳在狂笑

人们被晒得喘不上气

黑色的血液在蒸发

五脏变成戈壁石头一样坚硬

挂着青铜色皮肤的

河套人骨骼在阳光下移动
他们的皮囊里剩下最后一滴水
但他们不会自己独自享用
把一滴水分成一千个水分子
给自己一份
剩下的九百九十九个
全部分给牲畜和野草
就这样挺着
等待雨季的到来

莫尔格勒河的眷恋

盛夏的莫尔格勒河

在苍天下悠悠流动

是谁手中展开的一条

圣洁无瑕的哈达

飘荡在那里

站在你野花烂漫的岸边

不由想起一位佳人

一位巴尔虎草原的美女

她是否在这古老草原上等着我

是否为我送来这迎宾的哈达

我看见潺潺流淌的河水里闪动着

你那晶莹剔透的泪花

还从那欢快的水流声中

听到你轻如鹅毛的脚步

于是我坐在岸边

注视着静静流淌的河水

描摹着你的美貌和眼睛

很多年前在一个边陲古城

与你相遇　促膝畅谈的那个夜晚

似乎近在眼前

那古城坐落在沙漠腹地

周围没有一点水源

也没有这样茂密的草地

那一夜我用沙漠的荒凉和

乡村摇滚乐招待了你

你用莫尔格勒河般的温柔

浸润了那片沙漠和我的夜晚

那一夜莫尔格勒河

流进我干渴的沙漠

撒欢在我的沙湾里

河水潺潺流淌声

和你动人的歌声

久久回荡在空旷的沙漠戈壁

安抚我孤独而悲悯的内心

从此莫尔格勒河和

巴尔虎姑娘的神话

驻足在我的梦里

我幻想着躺在你的河边

轻轻入睡

一次次梦见那天边的绿　天边的你

落叶的传说

橘黄色的落叶从我身边飘过

这是秋天最后的告别吗

秋叶落地的沉闷的巨响

震碎了大地甜蜜的梦幻

苍老的秋风瑟瑟吹起

我敞开衣襟饱尝着

带着血腥味的秋天盛宴

心灵的幽暗空间里

一曲忧伤的琴声悠悠启响

啊，那是秋天的河流

此刻正在穿过我们的内脏

净化思绪的毒素和生命的灰尘

我们乘坐思念的船

沿着秋天的红树林慢慢漂移

来不及向爱人做告别

来不及捡拾秋风中散落的诗句

就这样漂泊下沉

直到落叶把我埋入秋天的殿堂里

听着那些黑脸人

讲述着冬天的故事

草原是这个世界的最后一首歌

英雄被遗忘的年代

骏马走进博物馆里

闪电在云彩里蛰伏着

风发出一次次悲鸣的嚎叫

太阳是一只火红的千年狐狸

它的吠声浸润进我们的骨髓里

乌鸦们评判这个世界的白与黑

麻雀们争论着宇宙的对与错

老鹰在山头上坐成一块石头

黑夜不再黑

魔鬼的神话和古老的史诗

不再是毡包里的传说

风不再从西北方向刮

羊群不再恋家牧归

冬天不再寒冷

雪山不再因刺眼的白而傲慢

喜马拉雅，这一把锋利的尖刀

刺向幕布一样灰的天空
草原唱出最后一曲长调
唱到高潮部分的时候
云散了风停了
一切都按部就班……

敖勒召其

每当夜深人静的时候

马头琴声划开夜空

发出悲壮的共鸣

那两根白马鬃制成的弦

似乎讲述着

敖勒召其的过去和未来

那来自天空的琴声中

伴有蒙古马的蹄声

蹄声越来越急促

节奏越来越强劲

烈酒总是不缺席

这些纯朴厚实的一群人

举杯迎接那万马的到来

歌声响起时

他们泪流满面　　相互拥抱

冲洗白天的忧伤与烦恼

喝着马兰花制成的白酒

几轮对饮之后

歌声不约而同地响起

那发自丹田的神曲

带着音符的萤火虫

在敖勒召其的花草中翩翩起舞

酒宴进行到午夜时分

人们还是不愿离去

这座被民歌包围的草原小城

充满了古老的浪漫和激情

外乡人不敢触摸

那些会唱歌的酒樽

而我的敖勒召其

因歌声和狂欢而美丽

因纯朴和易醉而文雅

来吧　朋友　干一杯

来吧　带着迷茫和惆怅的朋友们

咽下这杯甘甜的塞外琼浆

忘掉你的思念和忧愁

边陲的繁华和柔情

足以让你留在这片草原

这透着历史体温的河套人之乡

这宫廷色彩十足的文化净土

古老而年轻的敖勒召其

野蛮而温顺的敖勒召其

荒芜而靓丽的敖勒召其

陌生而熟悉的敖勒召其

这远离喧嚣的史诗之地

这开满甘草和苦豆花的广袤草地

远古时期建起的白色城堡依然存在

无数战车碾压过的喧闹仍在耳畔

黄河之水从天际涌来

撒欢在这片草原

洗去草原的尘土和孤独

在你的甘草地里停顿片刻

然后打了个弯

朝着河套挥泪而去

敖勒召其，你是一部古老的史诗

静静地躺在历史的秘境里

头枕着那些古城遗址和黄风吹过的沙坡

在时间脆弱的堤岸上

做着美丽而冗长的梦

那几百年前失踪的两匹骏马

已经飞回你的怀抱

变成了晶莹剔透的两座沙包

在苍劲的北风中

梳理着长长的金色鬃毛

那长长的嘶鸣

惊醒了敖勒召其梦中的仙鹿

鹿回头，人们歌唱

神秘的敖勒召其得到了重生

一个美丽的姑娘从传说中走来

啊！敖勒召其

你是千年历史的唯一目睹者

你是永恒绿色的守护者

高原形成之初的花与泉水

在你的躯体里暗暗流淌

你是永恒荒芜的守护者

热带的雨　太平洋的海啸

在你的血脉中马一样奔腾

我的敖勒召其

2021 年的第一场雪

2021 年的第一场雪
不约而至
降落在我的小城的角落里
灯火通明酒菜丰盈的
矮小的客栈里
几个文友碰杯叙旧
他们即兴抒发的诗行里
裸露岁月的疲劳和困惑
他们唠嗑声中夹带着
对生活的乏味和枯燥
半夜酒席人散
一天的牢骚　一年的茫然
就这样画上句号
向门外跨越的瞬间
人们看见了白茫茫的雪花
淡淡的轻轻的无声的
亿万个小精灵

岁月派来的使者

苍天伤心的泪花

跨过年份的门槛

飘落在夜晚的手掌上

冲洗着灾年的失败　困惑　厄运

时间停留在这美丽的雪夜

文友们似乎忘却了酒的烈性

和整夜的放荡

像走失的小孩一样

沿着黑暗的巷道

描摹着儿时的纯真和善良

跑向风雪中衰老的房子

空虚的街心花园毫无人烟

只有那精灵在昏暗的灯光中舞动

边陲的小镇似乎进入梦乡

雪花在小镇的梦里飘舞

2021 年的第一场雪

飘落在小城的记忆里

2021 年的第一场雪

飘落在诗人的思绪里

新的诗行在那里悄悄萌发

新的太阳在梦里慢慢升起

北京的夜晚

傍晚我来到了你的繁华市区
顺着你灰色的树木
摸到昔日的皇宫
那微微散发着历史温度的红墙壁
透着一股古铜色的忧伤
过往的人海中
寻找不到熟悉的面孔
四合院，胡同和古树
犹如远古的传说
在灰暗中沉睡

说书先生讲述着
武将打江山的故事
那故事中胜利与被胜利
在轮番交替出场

在紫禁城的天空中

弥漫着历史的雾霾

它吞没一切楼宇和树木

鸟群总也穿越不过它

麻雀学着百灵鸟

在树枝头叽叽喳喳乱叫

胡同里的阵阵吆喝声

令我想起了骆驼祥子

剑和盾都被放入故宫

王者的狂笑凝固在金色瓦砾中

贵妃的胭脂在风中飘散

花车的轱辘似乎在眼前

你的成熟和繁华

掩盖不住你的衰老

记忆里的荣华富贵

都变成了一杯浓茶

流入身体内

骨骼中缓缓穿过

玛拉迪　我的玛拉迪

一个地图上找不到的地方
一个诗人诞生的地方
长满艾草的梁四面包围着
花白色的蒿矛在南边护佑着
石头堆积的敖包在北边陪伴着

掌心般圆圆的凹地里
长满了老榆树
树荫中延伸着一道
被人遗忘的红尘小道
几匹走失的
瘦骨嶙峋的老马
穿行在林间小道上
偶尔一辆敞篷班车
装满衣衫褴褛的一群人
带着我童年远行的梦
冒着青烟

爬过山坡而去

一幅古画在风中展开

一个古庙和几株木瓜树

几群灰褐色的麻雀

卖瓜子的独眼喇嘛

整天做诗人梦的放羊娃

几间破旧的砖木房子

几个墙角晒太阳的古稀老人

呼啸而过的摩托车马达声

惊醒了打鼾的老汉们

夜间从文化站那边响起的迪斯科舞曲

牵走了几个年轻人的心

东边的海子边长满了芦苇

芦苇荡里时光在摇曳

我们的童年在水中冬眠

有一群羊在岸边吃草

老乡长的家就在南边不远

他们家的烟囱里冒着青色的炊烟

划拳喝酒的吵闹声

彻夜唱不尽的民歌和摇滚曲

似乎还在耳边回荡

记忆深处埋葬的几首朦胧诗行

折射着青春的光

玛拉迪是上世纪

驮盐队伍休憩过的驿站

那驼铃声带走了我童年的梦想

玛拉迪是

外乡人朝拜的地方

凡是来玛拉迪过夜的人

都能感受到神明的恩赐

玛拉迪是醉汉的天堂

来自天南海北的人

都可以跟我们称兄道弟

与我们一起喝酒烂醉

一起吟诵英雄的赞美诗或

歌唱劝酒的民间歌谣

每一首歌都是人间完美的故事

交响乐的海啸

一股强大的台风

像一头雄狮般怒吼着

铺天盖地地压过来了

弱小的我被卷入浪潮中

台风在胸膛中呼啸

大脑里雷电在隆隆作声

那带着擂鼓的强劲的潮水

涌入体内从五脏六腑中闪电般穿过

我的内脏几乎成为灰烬

我把身躯献给黑色的交响之父

在这铅灰色的一片汪洋之中

我，突然看见一道闪电般的亮光

哦，那是一座灯塔

一座风浪中摇摇欲坠的灯塔

像个阿波罗的神灯忽闪忽暗

我似乎听到一种声音

那声音穿过茫茫海水穿过风暴

传到我的器官里，那样逼真那样熟悉

哦，我听见了我真实地听见了

那是伟大的贝多芬！

我们这个世界上独一无二的，无人超越的

最最天才的我们的贝多芬！！

他的呼唤令我们从睡梦中醒来

他引领我们从尘世迁徙到交响乐的星球

我将会变成一个悦耳的音符

自由飞翔在星空之中

淋着音乐的暴雨

我走出内心的桎梏走向台风的旋涡中心

此刻完全摆脱世俗的束缚

抖尽那尘世的烦恼仇恨

以及胜利的傲慢，走错的路，爱错的人

唱着嘹亮的欢快的旋律

去扑向贝多芬的大海

贝多芬站立在海啸的浪尖

他手中的指挥棒如同苍天的神鞭

抽打着漆黑的大海和远处死沉沉的大地

抽出光阴的界线抽出烈性的音符

大海不再咆哮世界不再孤独

民　歌

草原上的人们
会唱好多歌
荒原上有多少株草
他们就会唱多少支歌

无论是火灾　　鼠疫
还是人间灾祸　战争
民歌绝不会灭绝
歌者也不会消亡

人间的歌谣
是从大地深处悄悄长出的
月满草地的静夜里
伴着星星和候鸟的伴唱
天地间响起美妙的音符

歌谣飘摇在马背上

像一位喝醉的汉子

向着远山移动

带着整个大地在移动

民歌吹过草原河流

越过万重山

最终到达雪域高原

它们被赋予了灵气

重新飞回北方大地

万籁俱寂的夏天夜里

牧马人吹着动人的哨音

那些跳动的音符们

搭乘着大雁的翅膀

向天边漂移

大地被那音符所陶醉

云朵们悲伤得落下眼泪

海子中歌唱的青蛙们

害羞得再也不敢发声

歌者的内心是永远虔诚的

牧羊人唱累了

会在马背上稍作打盹儿

可心中还会续唱歌谣

因此草原的歌儿

永久不会间断

那气势雄浑的交响乐

一直鸣响在天地之间

民歌是不灭的火种

牧人是永不谢幕的歌者

一代接着一代

把大地的音符洒向人间

用水一样缠绵的音符

去抵挡来自历史的亿万箭头

保佑大地的平安

讲述着时间老翁的那些荒诞的事儿

去和大地精灵们

窃窃私语

那达慕

这是一场没有结果的竞赛

这是游牧人再简单不过的休闲游戏

大到一个国家小到一户牧民

都可以举办那达慕

我的一生在那达慕中度过

也在那达慕中得到永续

摔跤是最好的看点

善良和丑恶

肉身和灵魂

贪婪和慷慨

相互在摔跤，撕扯，摔得头破血流

射箭是灵魂的一次飞跃

射手站在理性和野蛮两座山间

瞄准了黎明和黄昏两只野兽

他射出了一支暗箭

结果被射中的是自己以及

曾经与自己结伴同行的心魔

赛马是最原始的激情与速度

你骑一匹血红马，我骑一匹圆溜白马

我俩在时间的隧道里比拼速度

然后都消失在历史的黄昏里

一声长长的嘶鸣久久留驻在

阿勒泰山脉苍老的雪峰上

只有那只早已变成化石的老鹰

才知道谁是赢家

人的一生，就是那达慕的一幕

人的每一次输赢，都挂在那达慕

这棵大树的树梢上飘摇

那达慕，一场无聊的消遣

眼泪和笑声影子一样伴随着它

那达慕，一场空虚而荒诞的游戏